甚兵ヱ・　　志村

そろそろ五十に手がとどく。

白髪が大分見える。若い頃の夢も情熱も枯れかかって、どこかで静かに生活してくるつている。近頃、しきりに家庭や子供……とか

不運な男である。

合戦には随分出たか、みな敗戦ばかりであった。

そう云う平凡至幸福について新らし……

ごあいさつ

　映画監督・黒澤明は、幾多の名脚本家に支えられて次々と傑作映画を生み出しましたが、その若き日から、世界の文豪たちの影響を受けながら自身もシナリオを執筆することで成長しました。この展覧会は黒澤のこうした側面に着目し、『七人の侍』(1954年)をはじめとする名作脚本の生成・変更の過程を分析し、また他の監督たちに提供した脚本、新たに発見された未映像化脚本も加えて、「脚本家・黒澤明」の創作の秘密を解き明かそうとするものです。これまでドストエフスキー、シェイクスピア、山本周五郎と黒澤映画の関係についてはよく論じられてきましたが、黒澤は、実はバルザックやそれ以外の多くの文学作品からも強いインスピレーションを受けています。

　当館は、2010年の「生誕百年 映画監督 黒澤明」展のあとも、ポスター展「旅する黒澤明」(2018年)、「公開70周年記念 映画『羅生門』展」(2020年)と、展覧会を通じて黒澤映画の先端的な探求を推し進めてきました。黒澤作品の専門家の全面的な協力を得て、そのシナリオ術に照準を当てた本展覧会は、その研究の最新形となるでしょう。

国立映画アーカイブ

Foreword

As a director, Akira Kurosawa created a succession of masterpieces with the support of numerous master screenwriters. However, Kurosawa was also a screenwriter in his own right. From early in his career, he matured by writing scripts while being influenced by the world's literary giants. This exhibition focuses on that aspect of Akira Kurosawa. It attempts to unveil the creative secrets of "Kurosawa, the screenwriter" by analyzing the processes by which he created and reworked famous screenplays, including *Seven Samurai* (1954), and by taking into account scripts he provided to other directors and newly discovered un-filmed scripts. Although the associations between Kurosawa's films and Dostoevsky, Shakespeare, and Shugoro Yamamoto have been a topic of considerable discussion, in reality Kurosawa also drew strong inspiration from the literary works of Balzac and many others.

Ever since the 2010 exhibition "Akira Kurosawa Retrospective at his Centenary," the National Film Archive of Japan has engaged in a groundbreaking exploration of Kurosawa's films through exhibitions, among them the poster showings "Kurosawa Travels around the World" (2018) and "Rashomon at the 70th Anniversary" (2020). This exhibition, which was prepared with the full cooperation of Kurosawa experts, focuses on Kurosawa's scriptwriting skills and thus represents the latest in this series of research endeavors.

National Film Archive of Japan

黒澤明 脚本リスト

黒澤の著作と確定している作品、他の脚本家名義だが黒澤が代作したと自己申告した作品、未発見だが黒澤が執筆したと自己申告した作品、黒澤が執筆したという第三者の証言がある作品、資料から推定される作品等など、合理的に黒澤の著作物と想定できるものを掲載した。

脚本題名	公開年	脚本執筆	原作	原作題名	原作者	映画題名	監督	備考
黒澤明監督作品（製作年順）								
姿三四郎	1943	黒澤明	小説	姿三四郎	富田常雄	姿三四郎	黒澤明	「映画評論」1942年12月号（大日本映画協会）に掲載。
渡邊ツル達	1944	黒澤明				一番美しく	黒澤明	1943年に脚本執筆。
續姿三四郎	1945	黒澤明	小説	姿三四郎	富田常雄	続姿三四郎	黒澤明	
虎の尾を踏む男達	1952	黒澤明	能 歌舞伎	安宅 勧進帳		虎の尾を踏む男達	黒澤明	
酔いどれ天使	1948	植草圭之助、黒澤明				酔いどれ天使	黒澤明	
罪なき罰	1949	黒澤明、谷口千吉	戯曲	堕胎医	菊田一夫	静かなる決闘	黒澤明	題名は「仮題 静かなる決闘」から「罪なき罰」、「静かなる決闘」へと推移。
野良犬	1949	黒澤明、菊島隆三				野良犬	黒澤明	
醜聞 スキャンダル	1950	黒澤明、菊島隆三				醜聞 スキャンダル	黒澤明	題名は「輝く星座」から「泥だらけの星座」、「醜聞 スキャンダル」へと推移。
羅生門	1950	黒澤明、橋本忍	小説	藪の中	芥川龍之介	羅生門	黒澤明	橋本忍が執筆した「雌雄」「羅生門物語」を経て、決定稿は黒澤が単独で執筆。
白痴	1951	久板栄二郎、黒澤明	小説	白痴	ドストエフスキー	白痴	黒澤明	
生きる	1952	黒澤明、橋本忍、小國英雄				生きる	黒澤明	
七人の侍	1954	黒澤明、橋本忍、小國英雄				七人の侍	黒澤明	
生きものの記録	1955	橋本忍、小國英雄、黒澤明				生きものの記録	黒澤明	1955年に脚本執筆。台本の題名欄は空白で、当初は「死の灰」（仮題）で撮影が進んだが、途中で「生きものの記録」となる。
蜘蛛巣城	1957	小國英雄、橋本忍、菊島隆三、黒澤明	戯曲	マクベス	シェイクスピア	蜘蛛巣城	黒澤明	
どん底	1957	黒澤明、小國英雄	戯曲	どん底	ゴーリキー	どん底	黒澤明	1956年に脚本執筆。当初の題名は「どんづまり」。その後「どん底」に変更。
隠し砦の三悪人	1958	菊島隆三、小國英雄、橋本忍、黒澤明				隠し砦の三悪人	黒澤明	
悪い奴ほどよく眠る	1960	小國英雄、久板栄二郎、黒澤明、菊島隆三、橋本忍				悪い奴ほどよく眠る	黒澤明	ストーリーの違う検討用台本「悪い奴ほどよく眠る（仮題）」が存在している。
用心棒	1961	菊島隆三、黒澤明				用心棒	黒澤明	
椿三十郎	1962	菊島隆三、小國英雄、黒澤明	小説	日日平安	山本周五郎	椿三十郎	黒澤明	
天国と地獄	1963	小國英雄、菊島隆三、久板栄二郎、黒澤明	小説	キングの身代金	エド・マクベイン	天国と地獄	黒澤明	追加・変更部分が張り込まれた決定稿及び別冊の差し込み台本が存在し、それらを統合した脚本が「全集 黒澤明 第5巻」(1988年、岩波書店)に掲載された。
赤ひげ	1965	井手雅人、小國英雄、菊島隆三、黒澤明	小説	赤ひげ診療譚	山本周五郎	赤ひげ	黒澤明	最初は「赤髭」だったが、一家心中を図った母親（菅井きん）の台詞を一部付け足した際に「赤ひげ」へ変更される。
どですかでん	1970	黒澤明、小國英雄、橋本忍	小説	季節のない街	山本周五郎	どですかでん	黒澤明	
デルスウ・ウザーラ	1975	黒澤明、ユーリー・ナギービン	ノンフィクション	デルスウ・ウザーラ シベリアの密林を行く	ウラディーミル・アルセーニエフ	デルス・ウザーラ	黒澤明	1973年4月に第1稿を黒澤と井手雅人で執筆。1973年10月には、決定稿を黒澤とユーリー・ナギービンで執筆。
影武者	1980	黒澤明、井手雅人				影武者	黒澤明	1978年5月から6月にかけて井手雅人と執筆。
乱	1985	黒澤明、小國英雄、井手雅人	戯曲	リア王	シェイクスピア	乱	黒澤明	1976年に黒澤、小國英雄、井手雅人で執筆。1981年に黒澤、小國、井手で改訂。1983年に黒澤、井手で決定稿完成。
こんな夢を見た	1990	黒澤明				夢	黒澤明	1986年に執筆。映画化されたもの以外に「飛ぶ」「阿修羅」「素晴らしい夢」が執筆された。1988年に決定稿執筆。
八月の狂詩曲	1991	黒澤明	小説	鍋の中	村田喜代子	八月の狂詩曲	黒澤明	
まあだだよ	1993	黒澤明	随筆	新輯 内田百閒全集（1986年、福武書店）	内田百閒	まあだだよ	黒澤明	当初の題名は『先生』。
他監督による映画化シナリオ								
美しき設計	1942	黒澤明	小説	愛情の建設、生活の設計	南川潤	青春の気流	伏水修	1941年に執筆。黒澤の名がはじめてクレジットされた脚本。
翼の凱歌	1942	黒澤明、外山凡平				翼の凱歌	山本薩夫	
土俵祭	1944	黒澤明			鈴木彦次郎	土俵祭	丸根賛太郎	
太助ねばる	1945	黒澤明				天晴れ一心太助	佐伯清	友人である本木荘二郎の製作者デビュー、佐伯清の監督デビューのお祝いとして執筆した。
初恋	1947	黒澤明				四つの恋の物語 第1話「初恋」	豊田四郎	
山小屋の三悪人	1947	黒澤明				銀嶺の果て	谷口千吉	谷口千吉の長篇監督第1作として執筆。当初は「白と黒」の題で執筆され、撮影時は「山小屋の三悪人」であったが、完成作品は『銀嶺の果て』に改題された。「白と黒」は「映画展望」1947年7月号（三帆書房）に掲載。
肖像	1948	黒澤明				肖像	木下惠介	黒澤と木下惠介がお互いに執筆した脚本を交換しようと会話したことを契機に黒澤が執筆したもの。
地獄の季節	1949	黒澤明、西亀元貞				地獄の貴婦人	小田基義	東宝争議で退社した製作者の松崎啓次による松崎プロダクション第1回作品に協力。
ジャコ萬と鉄	1949	黒澤明、谷口千吉	小説	錬漁場	梶野悳三	ジャコ萬と鉄	谷口千吉	
暁の脱走	1950	谷口千吉、黒澤明	小説	春婦伝	田村泰次郎	暁の脱走	谷口千吉	
ジルバの鉄	1950	黒澤明、棚田吾郎	小説	ジルバの鉄	梶野悳三	ジルバの鉄	小杉勇	
殺陣師段平	1950	黒澤明	戯曲	殺陣師段平	長谷川幸延	殺陣師段平	マキノ正博	
海の廃園	1951	黒澤明、本多猪四郎	小説	海の廃園	山田克郎	青い真珠	本多猪四郎	本多猪四郎の初監督作品として執筆。脚本は黒澤・本多による連名版と本多単独による決定稿が存在する。
愛と憎しみの彼方へ	1951	谷口千吉、黒澤明	小説	脱獄囚	寒川光太郎	愛と憎しみの彼方へ	谷口千吉	谷口千吉が単独で執筆した脚本を黒澤が改訂した。
獣の宿	1951	黒澤明	小説	湖上の薔薇	藤原審爾	獣の宿	大曾根辰夫	
荒木又右衛門 決闘鍵屋の辻	1952	黒澤明				荒木又右衛門 決闘鍵屋の辻	森一生	
戦国無頼	1952	黒澤明、稲垣浩	小説	戦国無頼	井上靖	戦国無頼	稲垣浩	
吹けよ春風	1953	黒澤明、谷口千吉				吹けよ春風	谷口千吉	
忘草	1953	木下惠介（脚本）、黒澤明（協力）				日本の悲劇	木下惠介	木下惠介が『肖像』で脚本提供を受けた返礼として黒澤に送った脚本。脚本には協力として黒澤の名がクレジットされ、小田基義監督で映画化が企画されたが実現しなかった。この脚本を木下が引き取り、『日本の悲劇』として映画化した。
消えた中隊	1955	黒澤明、菊島隆三	小説	地の塩	井手雅人	消えた中隊	三村明	
あすなろ物語	1955	黒澤明	小説	あすなろ物語	井上靖	あすなろ物語	堀川弘通	堀川弘通の初監督作品。第3話はイワン・ツルゲーネフの小説「初恋」（1860年）を翻案したもの。
日露戦争勝利の秘史 敵中横断三百里	1957	黒澤明、小國英雄	小説	敵中横断三百里	山中峯太郎	日露戦争勝利の秘史 敵中横断三百里	森一生	1941年に脚本執筆。「映画評論」1943年6月号（映画日本社）に掲載された黒澤の脚本を映画化に際して小國英雄が加筆。
戦国群盗傳	1959	山中貞雄（脚本）、黒澤明（潤色）			三好十郎	戦国群盗傳	杉江敏男	1937年に滝沢英輔監督によって映画化された同名作品を再映画化。山中貞雄の脚本を黒澤が潤色した。
殺陣師段平	1962	黒澤明	戯曲	殺陣師段平	長谷川幸延	殺陣師段平	瑞穂春海	1950年版と同一脚本による再映画化。
ジャコ萬と鉄	1964	黒澤明、谷口千吉	小説	錬漁場	梶野悳三	ジャコ萬と鉄	深作欣二	1949年版と同一脚本による再映画化。
姿三四郎	1965	黒澤明	小説	姿三四郎	富田常雄	姿三四郎	内川清一郎	黒澤が監督した『姿三四郎』『續姿三四郎』を内川清一郎監督が1作にまとめて再映画化。脚本は黒澤が脚色した。
トラ・トラ・トラ！	1970	黒澤明、小國英雄、菊島隆三、ラリー・フォレスター、マイケル・リンドマン	ノンフィクション	トラ・トラ・トラ！、破られた封印	ゴードン・ウィリアム・プランゲ、ラディスラス・ファラーゴ	トラ・トラ・トラ！	リチャード・フライシャー、舛田利雄、深作欣二	1968年に執筆された撮影決定稿第3訂稿のほか、複数の版が存在する。完成映画は黒澤を脚本としてクレジットされていない。
野良犬	1973	黒澤明（原案）、一色爆（脚色）				野良犬	森崎東	1949年版の再映画化。一色爆が脚色した。

脚本題名	公開年	脚本執筆	原作	原作題名	原作者	映画題名	監督	備考
どら平太	2000	黒澤明、木下惠介、小林正樹、市川崑	小説	町奉行日記	山本周五郎	どら平太	市川崑	執筆は1969年。橋本忍、小國英雄も脚本に参加。2000年に映画公開。映画化にあたり市川崑が改訂。
雨あがる	2000	黒澤明	小説	雨あがる	山本周五郎	雨あがる	小泉堯史	執筆は1995年。小泉堯史監督により未執筆の後半が書かれた。
海は見ていた	2002	黒澤明	小説	なんの花か薫る、つゆのひめまつ	山本周五郎	海は見ていた	熊井啓	執筆は1993年。映画化にあたり熊井啓監督により脚本潤色。

／脚色シナリオ（本人記載「創作ノート」より／著作権未確定）

脚本題名	公開年	脚本執筆	原作	原作題名	原作者	映画題名	監督	備考
幡随院長兵衛	1940	黒澤明（脚色）、山本嘉次郎、吉田二三夫（脚本）	戯曲	幡随院長兵衛	藤森成吉	幡随院長兵衛	千葉泰樹	山本嘉次郎、吉田二三夫（千葉泰樹のペンネームとして）の共同脚本として1940年に映画公開。山本の指導・依頼により、脚色が黒澤がはじめて手がけた脚本と考えられる。
女学生と兵隊	1940	黒澤明（脚色）、京都伸夫（脚本）			島本志津夫	女学生と兵隊	松井稔	京都伸夫の脚本として1940年に映画公開。
虎造の荒神山	1940	黒澤明（脚色）、八住利雄（脚本）				虎造の荒神山	青柳信雄	助監督時代の創作ノートには脚色と記載されているが原作はない。青柳信雄の初監督作品であり、八住利雄の脚本として1940年に映画公開。

／代作シナリオ

脚本題名	公開年	脚本執筆	原作	原作題名	原作者	映画題名	監督	備考
阿片戦争	1943	小國英雄、黒澤明	ノンフィクション	阿片戦争	松崎啓次、小國英雄	阿片戦争	マキノ正博	原案は製作者の松崎啓次によるもの。松崎と小國英雄の共著をベースに黒澤がリライトした。
愛の世界	1943	黒川愼（黒澤明のペンネームと想定）、如月敏	小説	愛の世界	佐藤春夫、坪田譲治、富澤有為男	愛の世界 山猫とみの話	青柳信雄	本作の助監督であった市川崑と松林宗恵による証言で、黒澤がリライトしたことが明らかになっている。

脚本題名	執筆年	脚本執筆	原作	原作題名	原作者	映画題名	監督	備考
／未映画化シナリオ								
達磨寺のドイツ人	1941	黒澤明	ノンフィクション	ブルーノ・タウトの回想	浦野芳雄			「映画評論」1941年12月号（映画日本社）に掲載。
敵中横断三百里	1941	黒澤明	小説	敵中横断三百里	山中峰太郎			「映画評論」1943年6月号（映画日本社）に掲載。黒澤本人が「達磨寺のドイツ人」と「静かなり」の間に書いたと証言している。
静かなり	1941	黒澤明						「日本映画」1942年2月号（大日本映画協会）に掲載。
雪	1941	黒澤明						「新映画」1942年4月号（映画出版社）に掲載。
森の千一夜	1942	黒澤明						製作準備前に情報局の指示により製作中止。急遽『姿三四郎』が浮上。
門は胸を拡げている	1943	黒澤明						黒澤の監督作『一番美しく』の出発点となった脚本。この脚本を「日本の青春」として改訂し、さらに「渡邊ツル達」として大幅に改訂し映画題名を変更したものが映画『一番美しく』である。映画とは相違点が多いため、ここでは別作品として扱う。
サンパギタの花	1943	黒澤明						
どっこい! この槍	1945	黒澤明						最初の題名は「豪傑読本」。
棺桶丸の船長	1951	黒澤明・橋本忍						これまで未確認であった黒澤と橋本忍による共同脚本の存在が確認された。なお、橋本が単独で執筆した準備稿は「大系 黒澤明 別巻」（2010年、講談社）に掲載されている。
日々平安	1958	黒澤明	小説	日日平安	山本周五郎			「映画評論」1958年9月号（映画出版社）に「日日平安」の題名で掲載。
暴走機関車	1966	小國英雄、菊島隆三、黒澤明	記事	「文藝春秋」1964年2月号掲載「恐怖の暴走機関車」				米国側ライターのシドニー・キャロルが完成させた最終撮影稿は現存未確認。1985年公開のA・コンチャロフスキー監督『暴走機関車』は原案が黒澤・菊島隆三のみで小國英雄の名はない。また内容も乖離が甚だしく、ここでは未映画化シナリオとした。
虎虎虎（準備稿）	1967	黒澤明、小國英雄、菊島隆三	ノンフィクション	トラ・トラ・トラ!、破られた封印	ゴードン・ウィリアム・プランゲ、ラディスラス・ファラーゴ			
かあちゃん	1971	黒澤明	小説	かあちゃん	山本周五郎			執筆年については諸説あるが、執筆には「四騎の会」（1969年秋に設立された黒澤・木下惠介・市川崑・小林正樹による映画製作主体）の原稿用紙を使用しており、また「どら平太」（1969年）と「どですかでん」（1970年）に続いて執筆されたと推定されることから、ここでは妥当性の高い1971年執筆説を採用した。
And...!	1971	黒澤明、小國英雄、橋本忍	小説	鷹ノ羽の城	白石一郎			1971年に黒澤と橋本忍を伊豆で執筆したと橋本は証言しているが、本作の改題と思われる（脚本の完成は未確認）。
黒き死の仮面	1977	黒澤明	小説	赤死病の仮面	エドガー・アラン・ポー			黒澤と井手雅人の脚本「赤き死の仮面」をソ連側の意向により改題。
能の美	1983	黒澤明						佐伯清監督により一部撮影されたが諸条件により撮影中止となる。
／ノベライズ								
新映画小説 姿三四郎	1943	黒澤明	小説	姿三四郎	富田常雄	姿三四郎	黒澤明	「映画之友」1943年2月号（映画日本社）に掲載。
新映画小説 日本の青春	1943	黒澤明				一番美しく	黒澤明	「映画之友」1943年11月号（映画日本社）に掲載。「門は胸を拡げている」を改訂。
野良犬（小説）	1949	黒澤明、菊島隆三				野良犬	黒澤明	
／戯曲（執筆順）								
喋る	1945	黒澤明						一幕の戯曲。「平凡」1946年新年号（平凡出版）に掲載。
酔いどれ天使	1948	植草圭之助、黒澤明	映画	酔いどれ天使				二幕七場の戯曲。
／テレビドラマ・ドキュメンタリー								
ガラスの靴	1971	黒澤明（監修）						映画『忘れられた顔』（1928年、ヴィクター・シャーツィンガー監督）の翻案と思われる。シノプシスは黒澤が執筆。脚本には脚本家名の記載なし。未制作。
馬の詩	1971	黒澤明（監修）、木下亮（構成）						監修は黒澤、構成は黒澤と木下亮。ナレーション台本は黒澤によると推定される。
／ラジオドラマ								
陽気な工場	1942	黒澤明						1942年8月15日放送（日本放送協会）。
／未発見シナリオ								
デッド・ボール	1939	黒澤明						「原・脚」となっているので黒澤のオリジナルと推定される。
熊と狐	1941	黒澤明						「原・脚」となっているので黒澤のオリジナルと推定される。
美しき暦	1941	黒澤明	小説	美しい暦	石坂洋次郎			
じゃじゃ馬物語	1944	黒澤明						
その他 ／ラジオドラマ（未発見）								
映画物語『姿三四郎』	1943	黒澤明	小説	姿三四郎	富田常雄			札幌東宝映画劇場のプログラムNo.13（1943年）に、次週公開の『姿三四郎』の写真とともに「3月23日零時半より　映画物語姿三四郎　ラジオ放送」と掲載。3月25日の映画公開に向けた宣伝用ラジオ番組と思われる。番組の脚本を書いたのは黒澤と推定される。

1
『どん底』(1957年)ポスター
Poster of *Donzoko / The Lower Depth* (1957)

谷田部信和氏所蔵
Collection of Nobukazu Yatabe

2
『蜘蛛巣城』(1957年)ポスター
Poster of *Kumonosu jo / Throne of Blood* (1957)

谷田部信和氏所蔵
Collection of Nobukazu Yatabe

目次

凡例
＊本書は2022年に国立映画アーカイブで開催される「脚本家 黒澤明」の展覧会図録である。
＊掲載品の図版には、展示品番号、展示品名、刊行・執筆・映画公開年、所蔵・協力先の順に和文と英文で記載した。表記のないものは不明のものである。
＊掲載品、展示品番号および掲載順は、展覧会会場と必ずしも一致しない。
＊本書に未収録の展示品については、巻末の図版一覧に ★ を付して明示した。
＊掲載品の解説は岡田秀則、藤原征生（国立映画アーカイブ）および「脚本家 黒澤明」研究チーム（槙田寿文、野久尾智明、野口和夫、堀伸雄、松澤朝夫）が執筆した。

＊ This book is an exhibition catalog of the "Akira Kurosawa, Screenwriter" to be held at the National Film Archive of Japan in 2022.
＊Illustrations of recorded items are listed in Japanese and English in the following order: exhibit number, exhibit name, publication or screenwriting or release year, collection or cooperated partner. Those without a notation are unknown.
＊ The recorded items, exhibit numbers and order of publication do not always match the exhibition venue. Exhibits not included in this book are clearly indicated by adding ★ to the list of exhibits at the end of the book.
＊Description of exhibits was written by Hidenori Okada, Masao Fujiwara (Curator, National Film Archive of Japan) and "Akira Kurosawa, Screenwriter" Research Team [Toshifumi Makita, Chiaki Nokuo, Kazuo Noguchi, Nobuo Hori, Tomoo Matsuzawa].

脚本家・黒澤明の誕生

シナリオの修業が映画監督への道である──日本の映画界にあったこの慣習に従い、1936年にP.C.L.映画製作所へ入社した若き黒澤も、師匠である山本嘉次郎監督の薫陶を受けながら、多忙な助監督業務の傍ら脚本の執筆に励んだ。はじめて映画化された『幡随院長兵衛』(1940年)以来、監督デビューに至るまでの「書く人」黒澤の道のりをたどる。

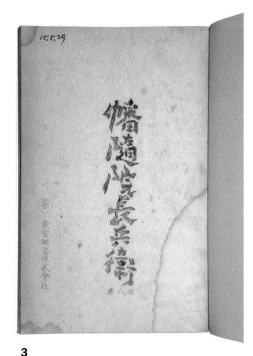

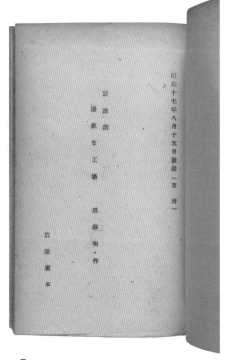

3
「幡随院長兵衛」(1940年) 完成台本
Final script of *Banzui'in chobei* (1940)

黒澤がはじめて手がけたと考えられる脚本。完成した映画では、脚本担当として山本嘉次郎と吉田二三夫(監督を務めた千葉泰樹のペンネーム)の両名のみが表記されており、黒澤は師である山本から脚色の機会を与えられたものと推定される。

映画演劇文化協会所蔵
Collection of Cinema & Stage Culture Association

4
「虎造の荒神山」完成台本 (1940年)
Final script of *Torazo no kojin'yama* (1940)

東宝などで監督や製作を務めた青柳信雄の初監督作品。完成作品では脚本に八住利雄がクレジットされているが、黒澤の助監督時代の創作ノートには、黒澤本人が書いたものとして記されている(12ページ参照)。本作以降、黒澤と青柳は親しい関係となったが、それは後年『トラ・トラ・トラ!』での黒澤の監督降板をめぐる騒動によって終焉を迎えた。

映画演劇文化協会所蔵
Collection of Cinema & Stage Culture Association

5
ラジオドラマ「陽気な工場」決定稿 (1942年)
Radio play by Kurosawa: *Yoki na kojo*, Final draft (1942)

日本放送協会のラジオドラマのために書き上げられた脚本。台本の表紙には「昭和十七年八月十五日放送」とある。吹奏楽団を結成した工員たちが、軍楽隊上がりの団長による厳しい訓練によって演奏の腕を上げ、音楽の力で工場の生産能力をも上向かせるというプロットには、戦意高揚の色合いが強く感じられる。楽器や機械の音といった現実音を随所に盛り込み、聴覚メディアであるラジオの特性を最大限に活かそうとする作りが目を引く。

早稲田大学坪内博士記念演劇博物館所蔵
Collection of The Tsubouchi Memorial Theatre Museum, Waseda Univ.

6
「映画評論」1941年12月号
脚本「達磨寺のドイツ人」（1941年）
Screenplay by Kurosawa: *"Darumaji no doitsu jin," Eiga hyoron*, December, 1941

ドイツ人建築家ブルーノ・タウトが群馬県高崎市に滞在したエピソードを下敷きに、黒澤が書き上げた脚本。
師である山本嘉次郎の推薦によって「映画評論」誌への掲載が決定し、当時「日本映画」誌上でシナリオ評論
を展開していた伊丹万作から高い評価を得た。

国立映画アーカイブ所蔵
Collection of NFAJ

シナリオ時評 「達磨寺のドイツ人」

伊丹万作

　此のシナリオの中には、純粋の才能の所産であるところの勝れた表現が沢山に見られる。そして、それらが台詞の文句よりも、地の文の中に多く発見せられることは注目に値する。台詞のうまい作者は必ずしも珍しくないが、シナリオの、地の文のうまく書ける人は殆ど皆無と言ってもいい状態である。それだけに私は此の人の表現技術を高く評価したい。

〇達磨寺客間で、初対面の辞儀を済ませた和尚とランゲの様子を「暫らく二人は無言でニコニコと睨み合って居る」と書いてあるが、言葉の通じない同志の、其の癖互に好意を示し合い度く思っているらしい様子が、数少ない文字でよく描かれている。
〇村の道　ランゲを見て居る子供達の描写で「手に手にドイツ国旗を持って、好奇心で一杯な目が今にも飛び出し

そうだ」も情景躍如。続いて、子供達が稲田の中に身を没し、襟に差した旗だけを見せ乍ら進む所は、「青田の海の上を、小さなドイツ国旗がペリスコープ（引用者註・潜望鏡）のように進んで行く」と書かれているが、是も剴切を極めている。是以上簡潔で、且つ視覚的な表現は他に考えられない。

　そのいずれもが、前後との関係において、最も必須にして動かすべからざる処へぴたりと打ちこまれている為、時には語本来の意味の二倍三倍の振幅を以て迫って来る場合さえあるのである。是等の例がいずれも具体的な効果を持ち、特に視覚的に鮮明な印象を与えることを注意すべきである。

出典：「日本映画」1942年3月号（大日本映画協会）

7
「日本映画」1942年2月号　脚本「静かなり」(1941年)
Screenplay by Kurosawa: *"Shizuka nari," Nihon eiga,*
February, 1942

情報局主催の「第1回国民映画脚本」で情報局賞を受賞した脚本。このころ黒澤は相次いで脚本コンクールに入賞を果たしており、本作に次いで発表した脚本「雪」(1941年執筆)も日本映画雑誌協会主催・情報局後援の「国策映画脚本」に入選を果たし、2000円という当時としては破格の賞金を獲得している。

国立映画アーカイブ所蔵
Collection of NFAJ

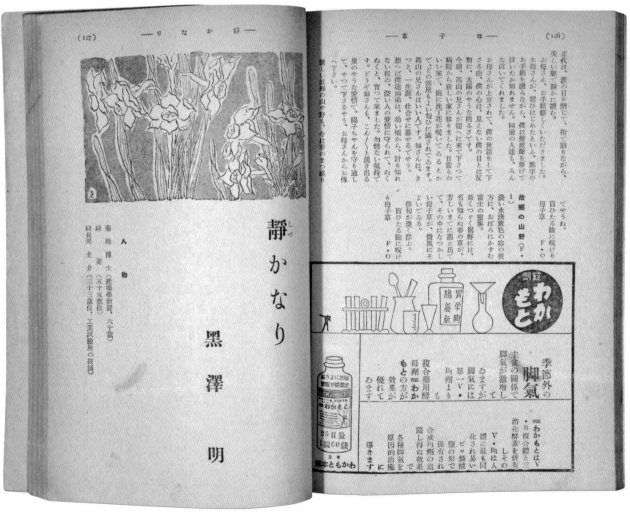

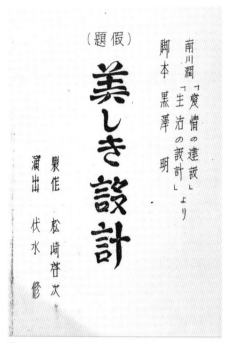

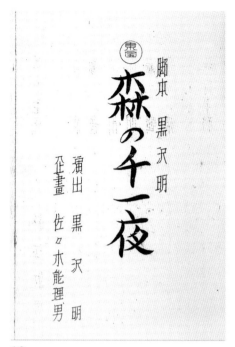

8
「美しき設計」準備稿［複写］（1941年）
Draft of *Utsukushiki sekkei* [copy] (1941)

黒澤の名がはじめてクレジットされた脚本で、映画化時の題名は『青春の気流』。1941年執筆。監督の伏水修の推薦で、製作者の松崎啓次が黒澤に執筆依頼をした。これが縁で、松崎は黒澤の監督デビュー作『姿三四郎』（1943年）の企画（製作）担当となり、しばらく黒澤との蜜月時代が続く。

国立映画アーカイブ所蔵（草薙匠コレクション）
Sho Kusanagi Collection of NFAJ

9
「翼の凱歌」決定稿［複写］（1942年）
Final draft of *Tsubasa no gaika* [copy] (1942)

「美しき設計」に続いて黒澤が手がけた脚本。外山凡平との共同執筆によるもの。

国立映画アーカイブ所蔵（草薙匠コレクション）
Sho Kusanagi Collection of NFAJ

10
「森の千一夜」決定稿［複写］（1942年）
Final draft of *Mori no sen'ichiya* [copy] (1942)

映画化が発表されながら情報局の検閲等で製作中止となった、黒澤の幻の監督デビュー作。能からの影響がわずかにうかがえたり、満州や少数民族が登場したりするなど、『デルス・ウザーラ』（1975年）をはじめとする後年の作品に通じるテーマが見出せる。

国立映画アーカイブ所蔵（草薙匠コレクション）
Sho Kusanagi Collection of NFAJ

11
「姿三四郎」決定稿（1943年）
Final draft of *Sugata Sanshiro* (1943)

黒澤の記念すべき監督デビュー作。『森の千一夜』の製作中止を受け、黒澤は急遽『姿三四郎』の映画化権の獲得を目指すが、そのとき貢献したのが原作者の富田常雄と面識のある青柳信雄だった。『虎造の荒神山』および『愛の世界』の脚本（8、16ページ参照）を黒澤が手がけたことへの返礼として、青柳が協力したものと考えられる。

国立映画アーカイブ所蔵
Collection of NFAJ

修業時代——《ゴーストライター》としての黒澤明

黒澤が助監督時代に残した創作ノートには、執筆した脚本のリスト（右下図）が記されている。これら11本の内訳は、①黒澤脚本として映像化されたもの（2本）、②未映画化ではあるが脚本は存在するもの（3本）、③黒澤が他監督のために代作したと考えられるもの（3本）、④現存が確認できないもの（3本）となっている。監督修業中、多忙な助監督業の合間に黒澤は脚本の腕を磨いた。

①黒澤脚本として映像化

1. 「愛情の設計」は『青春の気流』（1942年、伏水修監督）として映画化され、黒澤の脚本家デビュー作となった。
2. 「敵中横断三百里」は、黒澤の脚本を小國英雄が加筆し、1957年に森一生監督によって『日露戦争勝利の秘史 敵中横断三百里』として映画化されている。

②未映画化脚本

1. 「達磨寺のドイツ人」ははじめて雑誌に掲載された脚本であり、伊丹万作に激賞された。
   「映画評論」1941年12月号（映画日本社）掲載。
2. 「静かなり」は情報局が主催した「第1回国民映画脚本」で、情報局賞を受賞した脚本。
   「日本映画」1942年2月号（大日本映画協会）掲載。
3. 「雪」は日本映画雑誌協会主催・情報局後援の「国策映画脚本」に入選した脚本。主人公の相手役には高峰秀子の面影がある。
   「新映画」1942年4月号（映画出版社）掲載。

③他監督のために代作

1. 『女学生と兵隊』（1940年、松井稔監督）の脚本は京都伸夫名義だが、脚色を依頼された経緯は不明である。
2. 『幡随院長兵衛』（1940年、千葉泰樹監督）の脚本は山本嘉次郎と吉田二三夫（千葉泰樹のペンネーム）による共同名義だが、師匠である山本によって黒澤に脚色の修業の機会が与えられたものと考えられる。
3. 「虎造もの」とは『虎造の荒神山』（1940年）と思われるが、これは青柳信雄の初監督作品。なお、青柳の監督作『愛の世界 山猫とみの話』（1943年）でも助監督の市川崑に依頼されて脚本を書き直した。

④現存が確認できないもの

1. 「デッド・ボール」は「原・脚」となっているので黒澤のオリジナルであろう。黒澤が野球映画を着想したとすれば興味深い。
2. 「美しき暦」は石坂洋次郎の小説『美しい暦』（1940年）を原作とした脚本。1963年には三木克己の脚本で森永健次郎監督によって映画化されている。
3. 「熊と狐」は詳細不明。

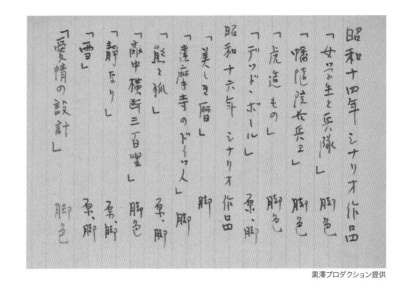

昭和十四年 シナリオ作品
「女学生と兵隊」 脚色
「幡随院長兵衛」 脚色
「虎造もの」 原・脚
「デッド・ボール」 原・脚
昭和十六年 シナリオ作品
「美しき暦」 脚色
「熊と狐」 原・脚
「達磨寺のドイツ人」 脚
「敵中横断三百里」 原・脚
「静かなり」 脚色
「雪」 脚色
「愛情の設計」 脚色

黒澤プロダクション提供

助監督時代の黒澤明を語る

証言 I
山本嘉次郎

彼をして、早く監督にさせた重要な根拠は、彼がシナリオを書き、そのシナリオが優れていたことである。監督助手として、夜もオチオチ眠れぬような煩雑多忙な日を送りながら、いつシナリオなぞ書く余裕があったのか、ボクは当時、気がつかなかった。彼はその頃、情報局やキネマ旬報社なぞのシナリオ募集に投稿して、たちまち第一席を続けて取ってしまった。彼のシナリオは、いままでの映画人の気がつかなかった新しい題材をつかみ出して、それをダイナミックな構成で、場面を積み上げて行くのが、特長であった。しかも、無味乾燥な映画脚本に、実に美しい文章を綴った。描写が鮮烈で、歯切れがよく、印象が強かった。（中略）次から次へと湧き出る映画の構想が、こらえ切れなくなって、噴きこぼれたものが、シナリオとなって現われたのであろう。書くなといっても書かずにいられず、おそらく、仕事を終えてから、夜を徹して書いたにちがいない。

出典：山本嘉次郎『カツドウヤ自他伝』（1972年、昭文社出版部）

証言 II
高峰秀子

ロケーションの撮影は、夜間撮影がない限り、夕方には終わる。夕食後から就寝まではスタッフの自由時間だから、麻雀をする人、花札で遊ぶ人、読書、散歩と、めいめいが好きなように時間を使う。しかし、黒沢明だけは夕食を終えるとサッサと姿を消した。（中略）ある夜、私が風呂から上がって二階の自室へ戻ろうとしたとき、階段の下の小さな戸が開いて、とつぜん黒沢明が這い出してきた。（中略）そこは、布団部屋であった。うず高く積まれた布団の間に、小さな机が無理矢理といった格好で置かれ、原稿用紙が広げられていた。窓はなく、裸電球が天井からブラ下がっている……。（中略）私にはやっと納得がいった。彼は毎晩この布団部屋で脚本を書いていたのである。宿がかわっても、彼はいつも布団部屋か、空き部屋に一人こもって何かを書いていた。いま、世界の黒沢明、黒沢天皇などといわれる名演出家の、私の見た青年時代の一コマである。

出典：高峰秀子『わたしの渡世日記（上）』（1976年、朝日新聞社）

証言 III
谷口千吉

僕の下宿してた家は成城のブリキ屋で、その隣が結髪のおかみさんが子供と五、六人で住んで借りてた家があったんです。窓を開けるとお互い手が届くんですが、そのおかみさんが、余ったからと燗冷ましのお銚子を二、三本渡してくれるんです。それをカーッと一人で飲んで寝る。辛かったでしょう、あの居候の黒澤は。なぜかというと布団が元々細いんです。（中略）奴は遠慮して寝る訳です。冬は、外套からあらゆる衣類を上へ掛けてね。明かりを消さないと僕は眠れないから「消せ！」と言うと消すんですが、夜中に、なんか肩が寒くてふと目を覚ますと、蝋燭を畳に立ててボール紙で囲んで、なんか書いてんですよ、鉛筆でコショコショと。それを見て「寝ろ！」と言う。何度かそういう事がありました。当たりもしねえものをこの馬鹿野郎がと思っていたら、それがまあ二、三年経ってからスパスパ当たり出しましてねえ、慌てました。

出典：「黒澤明研究会誌No. 19」（2009年、黒澤明研究会）掲載
「谷口千吉監督インタビュー（1980年12月14日）」

12
『青春の気流』プログラム（1942年、伏水修監督）
Program of *Seishun no kiryu* (dir. Shu Fushimizu, 1942)

「美しき設計」は『青春の気流』として1942年2月14日に公開された。監督を務めた伏水修は黒澤の兄弟子にあたる。長谷川一夫・李香蘭のメロドラマ『支那の夜』（1940年）などの作品で知られるが、本作を最後に32歳で病没した。

槙田寿文氏所蔵
Collection of Toshifumi Makita

13
『翼の凱歌』プレス資料（1942年、山本薩夫監督）
Press material of *Tsubasa no gaika* (dir. Satsuo Yamamoto, 1942)

槙田寿文氏所蔵
Collection of Toshifumi Makita

14
『虎造の荒神山』（1940年、青柳信雄監督）再公開版上映ポスター（1952年）
Poster of *Torazo no kojin'yama* (dir. Nobuo Aoyagi, 1940) at its rerelease screening (1952)

映画は1940年公開だが、「新版」という文言があることから、戦後の再公開時に作られたポスターであると考えられる。

東映太秦映画村・映画図書室所蔵
Collection of Toei Kyoto Studio Park Library

14

15

『虎造の荒神山』チラシ（1940年）
Flyer of *Torazo no kojin'yama* (1940)

槇田寿文氏所蔵
Collection of Toshifumi Makita

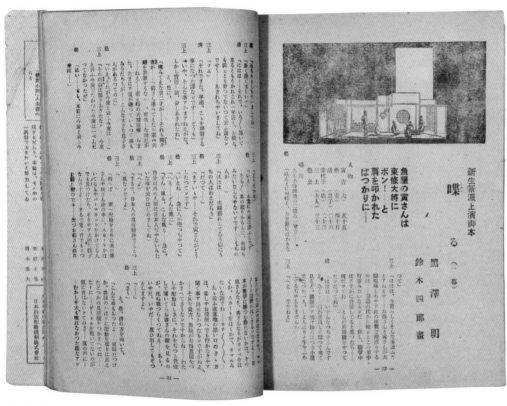

16

「平凡」1946年新年号
演劇脚本「喋る」（1945年）
Play by Kurosawa: *"Shaberu," Heibon*,
new year issue, 1946 (written in 1945)

川口松太郎の依頼で新生新派のために執筆した戯曲。
1945年12月に有楽座で上演された。補足資料として
付した上演時の有楽座プログラム（下図）には、新進監
督の黒澤評が4ページにわたって掲載されている。また、
師匠の山本嘉次郎による黒澤の紹介文は若い男女の
会話形式で書かれ、ユーモアに溢れている。修業期の
仕事ではないが関連業績として紹介する。

槇田寿文氏所蔵
Collection of Toshifumi Makita

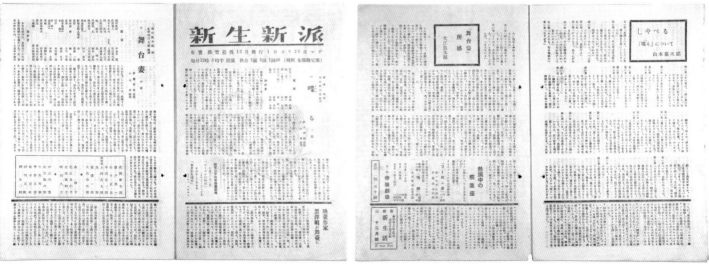

第2章　敬愛した文豪たち

黒澤の映画世界に大きな影響を与えた文学者として、ドストエフスキー（『白痴』）、シェイクスピア（『蜘蛛巣城』『乱』）、山本周五郎（『椿三十郎』『赤ひげ』『どですかでん』）といった名を欠かすことはできない。こうした文豪の生み出す物語・人間観と黒澤映画の関係を改めて検討するとともに、彼らと並んで黒澤世界に強い影響を与えたバルザックの小説について新たな考察を加える。

17
「愛の世界」決定稿（1942年）
Final draft of *Ai no sekai* (1942)

『愛の世界 山猫とみの話』（1943年、青柳信雄監督）の脚本決定稿。本作で助監督を務めた松林宗恵の旧蔵品。チーフ助監督を務めた市川崑と松林の証言によると、市川の依頼を受けて黒澤が当初の脚本を新たに書き直したという。内容にはドストエフスキーの影響が感じられる（18ページ参照）。脚本クレジットの「黒川愼」は黒澤のペンネームと推定される。

槙田寿文氏所蔵
Collection of Toshifumi Makita

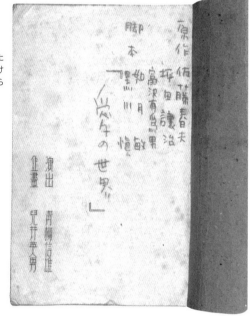

18
『愛の世界 山猫とみの話』広告（1943年）
Advertisement of *Ai no sekai: yamaneko tomi no hanashi*
(1943)

「映画旬報」第70号（1943年、映画出版社）に掲載された広告。脚本として黒澤のペンネームと推定される「黒川愼」の名がクレジットされている。

槙田寿文氏所蔵
Collection of Toshifumi Makita

19
『愛の世界 山猫とみの話』プログラム（1943年）
Program of *Ai no sekai: yamaneko tomi no hanashi* (1943)

脚本として黒澤のペンネームと推定される「黒川愼」の名がクレジットされている。

槙田寿文氏所蔵
Collection of Toshifumi Makita

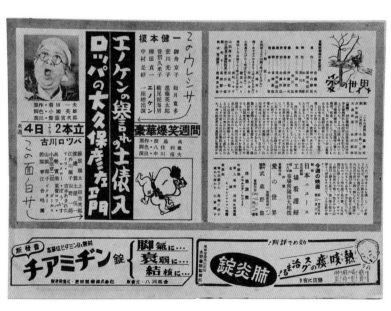

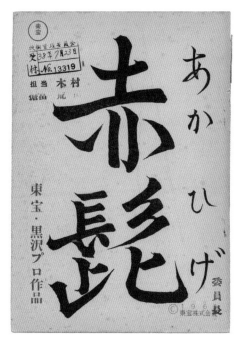

20
「赤髭」（1963年）
Script of *Akahige / Red Beard* (1963)

1963年7月執筆。翌月に「赤ひげ」に改題された決定稿も作成されたが、一家心中を図った母親（菅井きん）の台詞が付け足されている以外、内容に大きな変更はない。本作より井手雅人が共同脚本家チームの一員となる。

槙田寿文氏所蔵
Collection of Toshifumi Makita

21
『赤ひげ』スピード版ポスター（1965年）
Poster of *Akahige / Red Beard* (1965)

槙田寿文氏所蔵
Collection of Toshifumi Makita

シナリオに関する黒澤明の発言

「シナリオ文芸」（4号）1946年12月号（新人シナリオ作家協会）「シナリオ是々非々」より抜粋

映画におけるシナリオの地位は、米作における苗つくりの様なものだと思っている。弱い苗からは絶対に豊かな稔りは期待出来ない。弱いシナリオから絶対にすぐれた映画は出来上がらない。シナリオの弱点はシナリオのうちに退治しなければ映画として救うべからざる禍根を残す。これは絶対的である。シナリオの弱点を演出でカバー出来ると考えている人も居る様だが、それが錯覚である事は説明の要もあるまい。とにかく、映画の運命はシナリオにおいて殆んど決定されるのだ。

「シナリオ文芸」1948年2月号（シナリオ作家協会）「シナリオ三題」より抜粋

1. 製作費削減とシナリオ

今年は、各社共製作費の緊縮をねらうだろう。その結果、シナリオ作家もこの線に沿って努力させられるに違いない。これに対して、我々にどのような具体策があるか。腹も決めて置かないと、芸術的にジリ貧の一途をたどるばかりだと思う。僕は、次の様に考えている。ドラマの線を強化する事、それしかないと思う。早い話が本当にしっかりした

ドラマならば、1枚バックの前でも充分もちこたえられるに違いないと思うからである。

2. シナリオの主人公について

シナリオの大黒柱は、なんと云ってもその主人公だ、と僕は思っている。興味の持てない人物が主人公では、シナリオが肥り様がない。社会的に大きな波紋を投ずる程の人物が創造出来ないものだろうか。例えば、今の日本では、ヴォートランやスタブローギンやバザロフの様な人物の創造は不可能なのだろうか。少くとも、先ず、映画を見終わった後の電車の中だけでも話題になる様な人物が創造出来なければ話にならない。

3. シナリオ評について

シナリオの批評はシナリオを読んだ上でしてもらいたいと思う。映画を見ただけで、シナリオ評をする位無茶はない。演出が悪いために、ちゃんとしたシナリオがメチャメチャにされてる場合もある。映画を見ただけのシナリオ評が横行してあやしまれないのは、全く可笑しな話だと思う。また脚色を批評するのに、原作は読んでないが、と云う断り書きのついた批評に時々お目にかかるが、これも無茶な話である。原作を知らずに、どうして脚色の批評が出来るのか、僕にはさっぱりわからない。

ドストエフスキー『虐げられた人々』(1861年)から影響を受けた2つの映画
『愛の世界 山猫とみの話』と『赤ひげ』

脚本「愛の世界」とみ

境遇	状況	愛を受ける	愛を与える	結末
両親はいない。雑技団などでいじめに合い、愛情を知らずに育つ。	口を閉ざし、学院の先輩と喧嘩し、学院を脱走する。	とみは、学院の先生の愛情ある教育に触れる。幼い兄弟と出会う。	2人の幼い兄弟の出現で、母の心を持った、与える愛が芽生える。	とみは、学院の先生の愛を受け入れ、幼い兄弟に母子の愛を与え、明るい少女に生まれ変わる。

小説『虐げられた人々』ネリー

境遇	状況	愛を受ける	愛を与える	結末
母、祖父の愛を受けるものの両者が死去。いかがわしい店で働かされ、女主人からいじめに合う。	口を閉ざし、人の愛情を受け入れない少女となる。	ネリーは、イワンや老医者たちと接することで、心を開いてゆく。	イワンが発病する。ネリーはその看護を通じて、人を助ける喜びを知る。	ネリーは、新しい養父母に対して、心のすべてを開き自分の生い立ちを話す。その結果、養父母の心も開くことになる。

脚本「赤ひげ」おとよ

境遇	状況	愛を受ける	愛を与える	結末
岡場所で働かされ、女主人からいじめに遭う。	口を閉ざし、人の愛情を受け入れない少女となる。	おとよは赤ひげ、保本、賄のおばさんたち、養生所の人々の愛に触れる。長坊との出会い。	保本の発病で人を助ける喜びを知る。長坊の出現で、与える愛が芽生える。	おとよは赤ひげ、保本、養生所の人たちの愛に触れ、明るい少女に生まれ変わる。

『虐げられた人々』と脚本「赤ひげ」

脚本「赤ひげ」の原作は山本周五郎の小説『赤ひげ診療譚』(1958年)だが、おとよの登場場面については『虐げられた人々』のネリーのエピソードを多く取り入れており、『虐げられた人々』が原作といえるほどに近似している。

『虐げられた人々』と脚本「愛の世界」

脚本「愛の世界」は原作と大きく異なるが、黒澤は、心を閉ざしたとみの中にネリーの性格を取り込んでいる。

脚本家・黒澤明にドストエフスキーが与えた影響

黒澤映画には、ドストエフスキーの作品から抜け出したような登場人物が現れることがある。『虐げられた人々』のように、虐げられた者が何らかのきっかけで心を開いてゆく人物としては、これら2作品の他にも『静かなる決闘』(1949年)の峰岸るい(千石規子)や『肖像』(1948年、木下惠介監督、黒澤脚本)のミドリ(井川邦子)がいる。

映画『愛の世界 山猫とみの話』

1943年　監督:青柳信雄 脚色:如月敏、黒川愼(黒澤のペンネーム)

演出助手の市川崑は、自ら黒澤に脚本の書き直しを依頼した。市川は「ええ、(私が)頼みました。あれはクロさんのホンですよ。原作と全然違うんです。最初に書いた脚本が行き詰まって、ダーッとハナから書いてもらって。彼は書くのが早いから」と証言している。
出典:尾形敏朗「デコという少女 黒澤明の高峰秀子(上)」(『映画論叢 31』、2012年、国書刊行会)

脚本と映画の相違点
脚本「愛の世界」

脚本「愛の世界」は、先生と生徒の関係を「教育は母である」を基本に、先生ととみの愛、とみと幼い兄弟の愛、これら二つの愛を「母子の愛」として重ね合わせ、映画のモチーフのひとつとしている。

映画『愛の世界 山猫とみの話』

国策映画の性格が強く打ち出された。「子供を強くすることは、国家を強くすることである」のナレーションや、「日本は男子も女子も戦争をしている……お前たちも心がけひとつで国のために役立つ」などの台詞が追加され、先生(里見藍子)ととみ(高峰秀子)の「母子の愛」は削除された。

黒澤明「わが愛読書」

『戦争と平和』『アンナ・カレーニナ』(レフ・トルストイ)
『悪霊』『カラマーゾフの兄弟』『死の家の記録』『虐げられた人々』『白痴』(フョードル・ドストエフスキー)
『従妹ベット』『ゴリオ爺さん』『セザール・ビロトー』『幻滅』(オノレ・ド・バルザック)

出典:「藝苑」1946年7・8月号(巖松堂書店)掲載「わが愛読書」

黒澤はエッセイ「わが愛読書」(展示No.23)で、「一番の愛読書は、トルストイとドストエフスキーとバルザックのそれぞれの代表作」であり、これらの本は「僕にとって、神様の様なもの」と書いている。

黒澤は、トルストイの『戦争と平和』(1865-1869年)を繰り返し読み「新しい発見をした」という。出演したテレビ番組『若い広場』(1981年、日本放送協会)では、「いろいろな人物の、(中略)ちょっとしたこの動作が重要なんだなとわかる、その描写で人間が鮮やかに浮き彫りにされることがだんだんわかってくる」と語っている。『戦争と平和』の中のいくつかのエピソードや台詞は、『白痴』や『七人の侍』に使われている。

またドストエフスキーの作品を読むと、「大変な悲惨なものを見たとき、(中略)目をそむけないで見ちゃう、一緒に苦しんじゃう。そういう点、人間じゃなくて神様みたいな素質を持っていると僕は思うのです」と語っている(「キネマ旬報」1952年4月特別号掲載「黒澤明に訊く」)。黒澤映画には、例えば『罪と罰』(1866年)のマルメラードフが『醜聞 スキャンダル』の蛭田乙吉(志村喬)に、『虐げられた人々』のネリーが『赤ひげ』のおとよ(二木てるみ)に取り入れられた。また、『死の家の記録』(1860-1862年)の映画化も考えられていた。

バルザックの作品群「人間喜劇」は登場人物が3000人以上といわれ、同一人物が複数の小説に登場した。キャラクター造形に抜きん出た才覚を持つバルザックから生まれたこれら登場人物は、黒澤映画の人間造型のヒントになったと考えられる。黒澤はシナリオ創作時に、登場人物たちの"人物の彫り"がしっかりしていれば「登場人物たちが勝手に動き出す」とたびたび発言しているが、これは、バルザックの小説作法と同じだといえる。黒澤は「バルザックもいっているけど、小説家にしても何が一番必要で一番肝心かというと、一字一字書いていくその退屈な作業に耐えること、まずそれがなければダメ」と、これから映画の脚本を書く人たちに対して語っている(1993年、大島渚によるインタビュー「黒澤明のわが映画人生」)。なお、ドストエフスキーもまたバルザックに傾倒し影響を受けた作家である。

黒澤はノートを取りながら本を読む習慣があった。登場人物の本質が表現された台詞や描写をノートに書き溜めておき、脚本を執筆する際はそのノートを参考にして、脚本のための創作ノート作りをした。したがって、これらの愛読書は黒澤映画の源泉といえる。

23
「藝苑」1946年7・8月号
黒澤明のエッセイ「わが愛読書」(1946年)
Essay by Kurosawa: "Waga Aidoku Sho,"
Geien, July and August, 1946

槙田寿文氏所蔵
Collection of Toshifumi Makita

黒澤明の「神様」──バルザック

「わが愛読書」(19ページ参照)の中で黒澤がドストエフスキー、トルストイとともに「神様」と呼ぶバルザック。助監督時代の創作ノートの中では作家として最多の22ページを費やして13作品に言及している。そこでは、バルザックを「決してうまい作家ではない。併し、決して一言も嘘を言わぬ作家である」と評している。

[1]『フィルミアニ夫人』(1832年)

右図下段の黒澤によるコメント

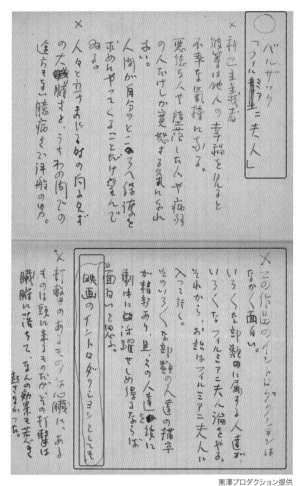

黒澤プロダクション提供

> 「この作品のイントロダクションはなかなか面白い。いろいろな部類に属する人達が、いろいろなフィルミアニ夫人論をやる。それから、お話はフィルミアニ夫人に入って行く。そのいろいろな部類の人達の描写が精彩あり、且、その人達を後に劇中に活躍せしめ得るならば映画のイントロダクションとしても面白いと思う」

バルザックによるこの短篇の冒頭では、黒澤が書くように、さまざまな人間が主人公フィルミアニ夫人の短い論評をする。好意的なもの、悪口、曖昧、肯定、否定といった要素が入っており、読者に謎めいた主人公を想起させる映画的な導入となっている。映画監督のジャック・リヴェットは、監督作『ランジェ公爵夫人』(2007年)のプログラム(2008年、岩波ホール)に掲載されたインタビューで「バルザックの天才的な作品構成に気づき、また、フラッシュバックの最初の発明者であることにも気づいたのです」と語っているが、これは『フィルミアニ夫人』を念頭に置いた発言と考えられる。「カイエ・デュ・シネマ」編集長でもあったリヴェットがバルザックを読み直して気づいたことを、助監督時代の若き黒澤は直感的に見抜いていた。このフラッシュバック手法はのちに『生きる』や『悪い奴ほどよく眠る』で効果的に使われる。

[2]『知られざる傑作』(1831年)

黒澤が「ボク本当はこれやってみたかったんだ。バルザックの原作でね。優れた画家っていうのはさ、ボク達が見えていないところまで見えているもの。ボクなんかさっさっさって描いちゃうけど、違うんだよ。もっと色々なものが見えているから納得いかないんだ。難しい題材を大変良く撮っているヨ」(「文藝春秋」1999年4月号掲載、「黒澤明が選んだ百本の映画」)と語った『知られざる傑作』は、ジャック・リヴェットにより『美しき諍い女』(1991年)として映画化された。

創作ノートの中では、以下の3箇所が小説から抜き書きされている。

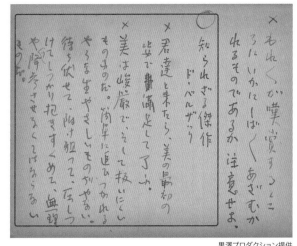

黒澤プロダクション提供

> 「君達と来たら、美の最初の姿で満足して了う」
> 「美は峻厳で、そして扱いにくいものなのだ。簡単に追いつ

かれるような生やさしいものじゃない。待ち伏せて、附け狙って、圧しつけてしっかり抱きすくめて、無理やり降参させなくてはならないものだ」

「あまり深い知識は無智と同様、一つの否定に到達するものさ」

『知られざる傑作』は会話のほとんどが絵画における美の追求に関するものだが、その中から画家を目指した黒澤が選び抜いたものがこの3つである。これらを、画家・芸術家の心得として気に入ったのか、映画監督を目指す助監督が映画に使える台詞として気に入ったのかはわからない。しかし、解釈の幅が広く、挑戦し甲斐のある作品であることが伝わってくる抜き書きであり、黒澤版の『知られざる傑作』が生まれなかったことが惜しまれる。

[3] 『柘榴屋敷』(1832年)

『柘榴屋敷』は、バルザックの生まれ故郷トゥールを舞台にした彼の短篇の中でも美しい一篇であり、柘榴屋敷と呼ばれる屋敷にひっそりと暮らす病弱な母親と2人の幼い兄弟の物語である。黒澤は自分なりのイメージで画コンテも描いている。その内容(右図)は以下となる。

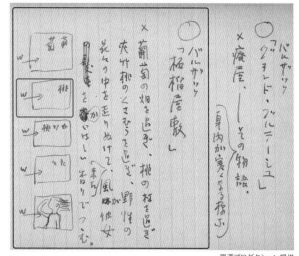

黒澤プロダクション提供

　　葡萄の畑を過ぎ、桃の林を過ぎ(、)夾竹桃のくさむらを過ぎ、野性の花々の中を走りぬけて来た(。)風が彼女をかぐわしい香りでつつむ。

(絵コンテ)W(ワイプのこと)「葡萄」→　W「桃」→　W「夾竹桃」→　W「花々」→　W「女性のミドルショット」

この画コンテで注目すべきは、すでにワイプ好きなところが出ている点である。さらに、原作にはこのような場面はないのだが、「桃」をしっかりと入れている点である。「桃」は『夢』の第2話「桃畑」でもモチーフになっている。「桃畑」に出てくる「桃の精」は黒澤が9歳の時に16歳で病死した姉・百代(ももよ)への追慕とも考えられる。百代は黒澤が幼い頃によく遊んでくれた姉であった。

また、ラストシーンのイメージは以下のように書かれている。

　　たった二人、とりのこされる運命の子供達。母と共に暮すその最後の何年間。母の死。母のかたみの指輪。数年後。船の上、すっかり立派になった兄が立っている。雄々しく叫んでいる。取り舵一杯！

原作では、兄が船に乗り込むところで終わっているが、黒澤は「取り舵一杯！」という爽やかな映画的カタルシスで結ぼうとしていた。

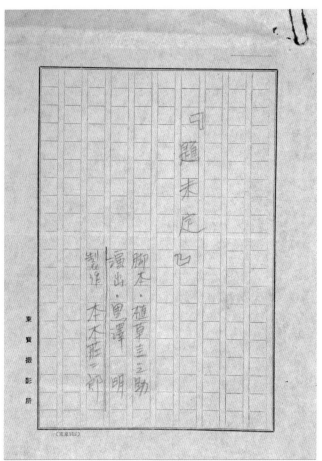

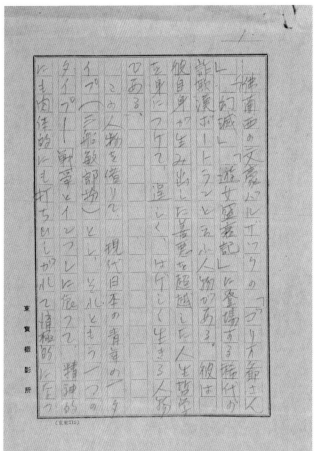

22

バルザック原作映画企画書（1947年頃）
Proposal of a movie adaptation from the works of
Balzac (ca. 1947)

製作者の本木荘二郎が記した、バルザック原作映画の企画書。黒澤が敬愛する文豪が生み出した名キャラクターのヴォートラン（ボートラン）を念頭に、終戦直後の日本の青年像を描こうとしたもの。ヴォートランに三船敏郎、ナイーブなインテリ青年に池部良という配役を想定、善悪を超えて本能のままに生きる人間と理性的人間を対比して当時の日本を活写するというコンセプトは、直後に製作された『酔いどれ天使』（1948年）につながる。『酔いどれ天使』と同じく共同脚本に植草圭之助、製作に本木の名が挙げられていることにも注目。

国立映画アーカイブ所蔵（本木荘二郎コレクション）
Sojiro Motoki Collection of NFAJ

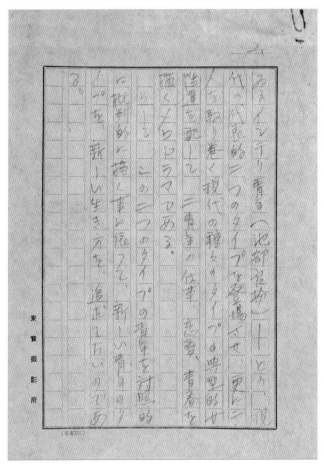

25
『白痴』初版ポスター・Aタイプ（1951年）
Poster of *Hakuchi* /
The Idiot, first printing, type A (1951)

谷田部信和氏所蔵
Collection of Nobukazu Yatabe

26
『白痴』初版ポスター・Bタイプ（1951年）
Poster of *Hakuchi* /
The Idiot, first printing, type B (1951)

谷田部信和氏所蔵
Collection of Nobukazu Yatabe

24
「白痴」生原稿（1951年） Manuscript of *Hakuchi* / *The Idiot* (1951)

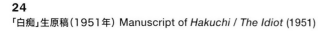

国立映画アーカイブ所蔵（本木荘二郎コレクション）
Sojiro Motoki Collection of NFAJ

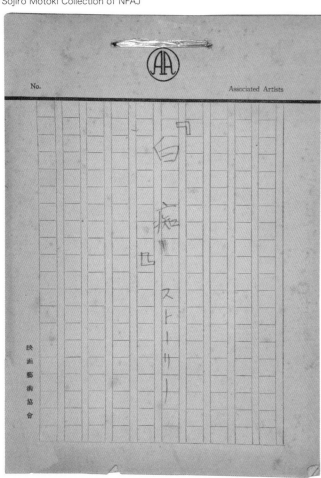

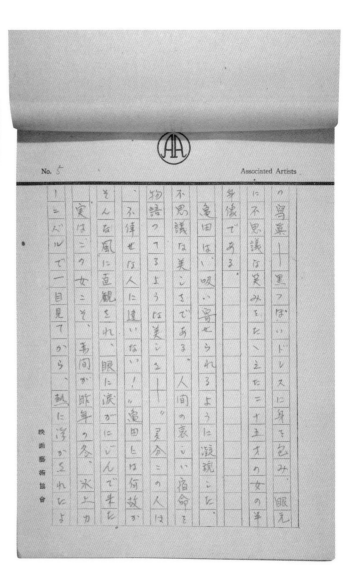

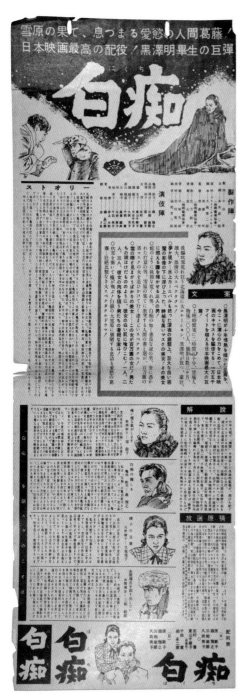

27
『白痴』プレスシート（1951年）
Press material of *Hakuchi / The Idiot* (1951)

現在私たちが目にすることのできる『白痴』（1951年）が、黒澤の意図に反した短縮版であることはよく知られている。当初4時間25分で完成した作品は、松竹の副社長・城戸四郎によって短縮を命じられた。その結果、東京劇場で行われたロードショー（展示No. 28）では3時間版が上映され、現存する一般公開版では2時間46分まで切り詰められた。このプレスシートでは「二時間二十分」と印刷された上映時間の「二（十）」が手書きで「四（十）」に訂正されており、上映時間の変転がうかがい知れる。

槙田寿文氏所蔵
Collection of Toshifumi Makita

28
『白痴』東京劇場での初公開時のプログラム（1951年）
Program of *Hakuchi / The Idiot* (1951)

槙田寿文氏所蔵
Collection of Toshifumi Makita

久板栄二郎 ひさいたえいじろう(1889.7.3〜1976.6.9)

1889年宮城県生まれ。大学卒業後、プロレタリア演劇運動に参加し新劇の戯曲を執筆する。その後、新協劇団設立に参加。精力的に戯曲を執筆し、リーダー格として活躍する。戦時中に旧知の製作者である松崎啓次の紹介で黒澤に出会う。その後、松竹の城戸四郎に進められて映画脚本を書きはじめ、1944年に『決戦』（1944年、吉村公三郎／荻山輝男監督）でデビュー。終戦直後には松崎啓次が企画した『わが青春に悔なし』を執筆。黒澤作品にはこの他『白痴』『悪い奴ほどよく眠る』『天国と地獄』の計4本に参画した。黒澤に依頼され、明治維新直後の日本人探検家を主人公にした『蝦夷探検記』を執筆したが映画化されなかった。なお、このアイデアはのちに『デルス・ウザーラ』につながる。また、黒澤からドストエフスキーの『虐げられた人々』の映画化検討を依頼されたが、こちらも実現しなかった。他に『女優』（1947年、衣笠貞之助監督）、『破戒』（1948年、木下惠介監督）、『紀ノ川』（1966年、中村登監督）など計20本の脚本が映画化された。著書に『北東の風・断層』（1937年、竹村書房）、『神聖家族』（1939年、新潮社）、『久板栄二郎シナリオ集』（1947年、中央社）などがある。1976年死去、満86歳没。

『白痴』 登場人物の再造型

映画『白痴』(1951年)は、終戦直後の札幌を舞台に、ドストエフスキーの同名小説(1868年)を原作として4人の男女の愛憎関係の悲劇に要約した作品である。映画では、原作に登場する35名あまりが15名に改編されている。

黒澤明「白痴ノート1」
龍谷大学のウェブサイトで公開されている「黒澤明デジタルアーカイブ」より抜粋

戦争が生んだ病的な二人の人間。
死の断崖に追いつめられた時、二人は啓示の様に、それぞれ全然正反対な思想に憑かれる。
一人は、その時の動物的な生命力の燃焼に人間の力を見たと信ずる。一人は、その時のうずく様な心の渇望に人間の本質を見たと信ずる。
(中略)この二人の矛盾を、この二人の男に挟まれた一人の女の矛盾撞着した行動によって解明して行く。

もし一人の女を世界中の何物よりも深く愛し、或はそうした愛の可能を予感しつつある男が、突然その女が鎖に繋がれ、鉄の格子に閉じ籠められ、監視人に棒で打たれているところを見つけたらどうか——こうした感覚こそ、ムイシュキンのナスターシャに対する感情に幾分似寄っているかも知れぬ。

ドストエフスキー『白痴』

◎ムイシュキン公爵（主人公、重度の癲癇症）
◎ナスターシャ（ヒロイン、暗い過去を持つ）
◎ラゴージン（商人の息子、ナスターシャを熱愛）
○エパンチン将軍（実業家）
○リザヴェータ夫人（エパンチンの妻、主人公の遠縁）
○ガーニャ（イヴォルギン家の長男）
○イヴォルギン将軍（アル中の退役軍人）
○ニーナ夫人（イヴォルギンの妻）
○ワルワーラ（イヴォルギン家の長女）
○トーツキー（ナスターシャを養育した資産家）
○老女（ラゴージンの母）

- - - - - -

○アグラーヤ（エパンチン家の三女）
　⊕ ヴェーラ（レーヴェジェフの娘）

- - - - - -

○アクサンドラ（エパンチン家の長女）
　⊕ アデライーダ（エパンチン家の次女）

- - - - - -

○コーリャ（ガーニャの弟、主人公に信服）
　⊕ ラドムスキー（主人公と親しい侍従武官）

- - - - - -

○レーヴェジェフ（小役人、狂言回し）
　⊕ プチーツィン（高利貸、ガーニャの友人）

○イッポリート（末期の肺病患者である青年）
○フェルディシチェンコ（イヴォルギン家の下宿人）
○S公爵（エパンチンの知人）他

決定稿「白痴」（黒澤明・久板栄二郎）

[再造型された人物]

継承 (11名)	◎亀田欽司（森雅之） ◎那須妙子（原節子） ◎赤間伝吉（三船敏郎） ○大野（志村喬） ○大野の妻・里子（東山千栄子） ○香山睦郎（千秋実） ○睦郎の父・順平（高堂国典） ○睦郎の母（三好栄子） ○睦郎の妹・孝子（千石規子） ○東畑（柳永二郎） ○赤間の母（明石光代）
合体 (8名→4名)	◎大野綾子（久我美子） - - - - - - ○綾子の姉・範子（文谷千代子） - - - - - - ○睦郎の弟・薫（井上大助） - - - - - - ○軽部（左卜全）
省略 (16名→0)	[省略された主な逸話] ▶主人公（ムイシュキン）のスイスでの治療時代の体験 ▶イヴォルギン将軍の虚言と窃盗事件 ▶肺病死目前のイッポリートの告白と自殺未遂

[物語の核心]

2つの三角関係を通じた「真に善良な人間」の滅び

那須妙子　　　　亀田欽司

赤間伝吉　　　　大野綾子

妙子をめぐる
亀田と赤間の確執

亀田をめぐる
妙子と綾子の対立

『白痴』原作から決定稿へ──黒澤脚本の5つのハイライト

どうして人間は、自分の善意を殺し、ひとの善意をふみにじらなければ生きてゆけないのだろう。何故、この物語の主人公の様に、憎むことも疑うこともなく、単純に清浄に人を愛してゆけないのか。僕がこの作品で云いたいのはその事である。(中略)原作者に対する尊敬と映画に対する愛情を傾けて、せい一ぱい努力するつもりだ。

出典：『白痴』東京劇場での初公開時のプログラム(1951年)掲載「『白痴』演出前記」

ハイライト場面	原作(ドストエフスキー)	決定稿(黒澤明・久板栄二郎)	脚本を反映した映画シーンの創造
1 肖像写真との遭遇	**エパンチン家書斎** ▶偶然に見かけ憐憫を感じる(第1編3・7章)	**札幌駅前写真館** ▶妙子の写真に見入る亀田と赤間「多分、この人は、とても不幸せ」(前8)	▶映像効果により三角関係を暗示
2 死刑の話題	**頻出する死刑の話** ▶公爵が語る死刑目撃談や特赦減刑された男の話、レーベジェフが語る伯爵夫人の死刑(第1編2・5章／第2編2章) ▶イッポリートが自らの死期を「死刑宣告」と称する(第3編5章)	**亀田自身の死刑体験** ▶その時のショックで頭が狂った(前2) ▶大野家に銃殺体験を語る(前10・25) ▶夜会の席上、妙子の眼が死刑囚の眼に似ていると告白(前40)	▶ドストエフスキーの死刑体験とトルストイ『戦争と平和』の逸話を主人公に反映 ※『戦争と平和』第4部第1編(ピエールが目撃した銃殺刑)
3 カーニバル	**駅前広場音楽会(パーヴロフスク)** ▶美しい夏の夕べの音楽会の雰囲気 ▶ラゴージンの幻影への怯えとナスターシャへの憐憫を強める公爵(第3編2章) ▶音楽会の広場に現れた異様な服装のナスターシャの奇怪な行動(第3編2章)	**氷上カーニバル(中島公園)** ▶悪魔のような巨大な雪の怪物(後32) ▶フル・ボリュームのアンビル・コーラス／マスク／松明／エッジの音／笑声／喚声／爆竹音／火の粉／花火(後31) ▶妙子と赤間の突然の登場と異様な行動(後32)	▶映像と音響を駆使した幻想的カーニバルの創造
4 花瓶の倒壊	**花瓶は1個(婚約発表会場)** ▶公爵が宗教論争に興奮、腕を振り回し花瓶を倒壊(第4編7章)	**花瓶は対の2個(誕生祝い夜会)** ▶亀田が過失により1個を壊す。それを東畑が非難すると、妙子が対の1個を故意に倒壊させる(前40)	▶亀田の不安定な精神状態と妙子の憎悪による衝撃的描写
5 エンディング	**後日談** ▶スイスに再入院した公爵へのエヴゲーニイとヴェーラの献身(第4編12章) ▶アグラーヤの亡命ポーランド人との結婚と消息(第4編12章)	**白痴に戻った亀田への綾子の後悔** ▶「白痴だったのは自分だった」(後71)	▶綾子の台詞に託した黒澤自身のドストエフスキーへの想い「人を憎まず、愛してだけいけたら」

(　)内は、原作は編・章、決定稿は前・後篇のシーンNo.を表す。
原作出典：『白痴(上・下)』(米川正夫訳、1994年、岩波書店)

ゲーテ『ファウスト』（1808-1832年）から脚本「生きる」（1952年）へ

ゲーテ『ファウスト』あらすじ		脚本「生きる」（黒澤明・橋本忍・小國英雄）
老ファウストは、全ての学問を究め尽くしたが何も知り得ていないことを嘆き、毒をあおり自殺を図ろうとしていた。	不満足な人生	［シーン2　市役所〜3］市民課の窓口（ナレーター）　「渡辺勘治、机にかがみこんで、次々と機械的に書類に印を押している。時折、生アクビを噛み殺してチラッと時計を見る。（中略）つまり、彼は生きているとは言えないからである」
すると、犬に化けた悪魔メフィストフェレス（以下、メフィスト）がファウストに近づく。	黒犬に化ける	［シーン60　街（ト書）］黒い犬が一匹、一軒だけしょんぼり営業している小さな飲み屋の入口をうろうろしている。
ファウストとメフィストは、ファウストが満足を見出し、ある瞬間に「とまれ、お前はあまりにも美しい」という言葉を発したら魂をメフィストのものにするという死の契約を結ぶ。	死の契約	［シーン61　のみや］渡辺「あの……私……今ここに……五万円程ありますが……それを……一思いに使って……その……しかし、……（中略）……使い方も解らないので……」男（小説家）「貴方のためによろこんでメフィストフェレスの役をつとめますよ。」
ファウストはメフィストに酒場に連れて行かれるが、虚しさを感じるのみだった。	人生の喜びは	［シーン62　パチンコ屋］［シーン63　ビヤホール］［シーン65　スタンド・バア］［シーン66　ダンス・ホール］［シーン67　カフェー］［シーン68　ストリップ劇場］［シーン70　キャバレー］［シーン73　自動車（ト書）］その白々した（キャバレーの女の）唄声が、男の自己嫌悪と、渡辺の絶望をガリガリ引っ掻く。
メフィストは、妙薬でファウストを若返らせ、少女と引き会わせる。ファウストはすぐに少女の恋の虜となり、少女はファウストの子を生む。しかし少女はある事情から嬰児殺しを犯し、死刑囚として牢獄に入れられてしまう。ファウストは少女を助け出そうとするも、悪魔と手を組んだファウストを少女は拒絶し、死刑を受け入れる。ファウストは絶望し、メフィストとともに牢獄を去る。	魅惑の少女	［シーン102　喫茶店］とよ「こんなもんでも、つくってると楽しいわよ。私、これつくり出してから日本中の赤ン坊と仲良しになったような気がするのよ」
紆余曲折を経て、ファウストはメフィストの力を借りて海辺の土地を手に入れ、そこで干拓事業をはじめる。自身の干拓事業によって幸せに暮らす人々を見ることで、自らの仕事の尊さを知る。	生き甲斐の発見	［シーン114　現場（ト書）］あふれた下水でふやけたようになっている空地を歩き廻る。そのぬかるみを無視して歩き廻る足、ずぼんの裾まで泥だらけだ。
そして、ファウストはメフィストとの契約である「とまれ、お前はあまりにも美しい」を発する。契約通りに絶命したファウストは、その魂をメフィストに奪われることなく天使に祝福され、天へと昇っていく。	人々の喜ぶ姿を見て満足して死ぬ	［シーン139　公園（ト書）］渡辺がその大して揺れもしないブランコにすっかり身を任せきって、楽しげに、何の邪念もない、安らかな微笑を浮べつつ歌っている。　♪熱き血潮の　冷えぬまに　明日という日の　無いものを

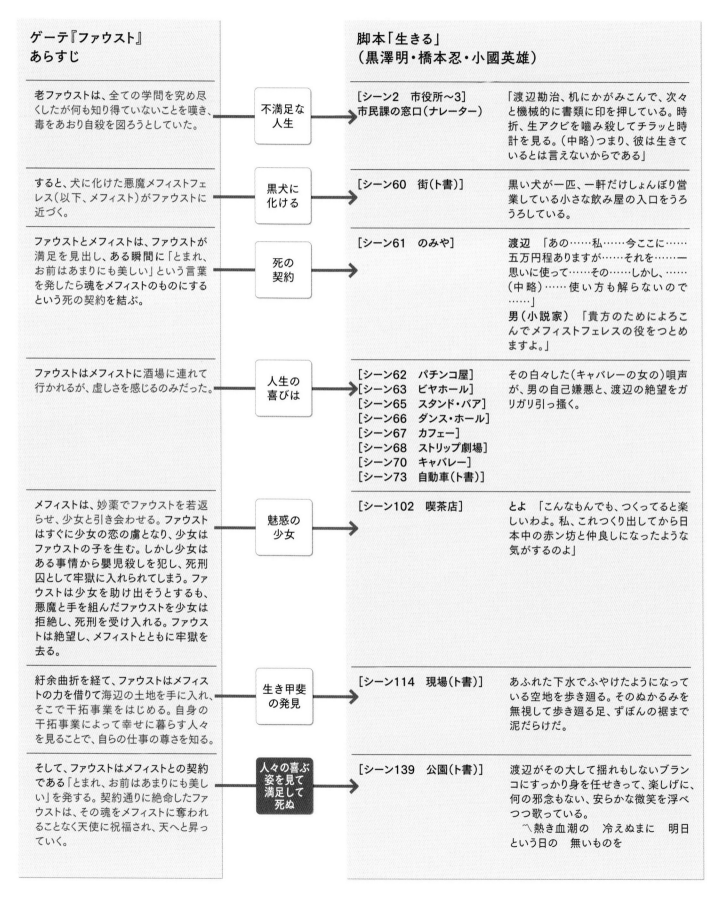

能・狂言からの引用

黒澤がその作品に能・狂言の要素を数多く取り入れていることはよく知られている。戦時中に能に興味を持ちはじめ、その影響は監督デビュー前の1942年に執筆した脚本「森の千一夜」ですでに見られる。『蜘蛛巣城』(1957年)では能の感覚を大胆に取り入れ、能舞台を連想させるセットを制作し、音楽にも能楽を取り入れた。キャメラで演者の全身を捉え、演者に身体で心情を表現するよう強いる演出には能からの影響がうかがえる。また、能面は心の内を端的に表すものとして、黒澤は創作ノートの段階で数多くの能面を選定し、登場人物の性格設定の参考としていた。さらに、執筆脚本には能・狂言の詞章からの下記のような引用や影響が数多く見られる。

能「高砂」から「森の千一夜」へ
詞章から脚本への引用
監督デビュー前の脚本「森の千一夜」では、能「高砂」を引用し脚本に取り入れている。

脚本「森の千一夜」 シーン36 一室
(主人公の池は、森林を保護するための資金集めに、材木業の上野に掛け合う。池の説明する森林の大切さは「高砂」の老松と同様と理解し……)
上野、突然、朗々と謡い出す。
　〰今は何をかつつむべき、これは高砂住の江の相生の松の精……
と、立ち上がって、ニッコリ笑い
　〰現れ出でし神松の、春なれや、残んの雪の浅香潟
と、二足三足、舞って見せて、気持ち好さそうに哄笑する。

能「殺生石」から「森の千一夜」と『乱』へ
キャラクターの造形
「森の千一夜」では、ヒロイン久美子を、九尾の狐と比喩する。しかし、それがやがて大きな事件へと発展してゆく。
九尾の狐は、能「殺生石」から引用。

『乱』では、次郎の側近鉄(井川比佐志)が、楓の方(原田美枝子)の男をたぶらかす女として九尾の狐と比喩し、末の方の首と称して稲荷の狐の首を差し出す。

能「田村」から『決闘鍵屋の辻』へ
詞章から脚本への引用
孫右衛門の父(左卜全)は、決闘に参加する息子(加東大介)の複雑な思いに対し、祝いの舞いとして能「田村」を酔った足取りで謡い舞う。

脚本「決闘鍵屋の辻」 シーン22 荒木の家・孫右衛門の部屋
「かまわん、門出の祝いじゃ」
と、孫右衛門、立ち上って構える。
「習ったわけではない……節も形も猿真似じゃが……気持だけは本物じゃ」
と、謡い乍ら舞い出す。
　〰ふりさけ見れば　伊勢の海　ふりさけ見れば……(中略)
　〰阿濃の松原　むらだち来って　鬼神は黒雲鉄火をふらしつつ

能「田村」から『蜘蛛巣城』へ
詞章から脚本への引用　ストーリーへの引用
『蜘蛛巣城』の、大広間の宴会に三木義明(千秋実)の亡霊が出る場面では、能「田村」の鬼神の声が響き、大地を揺るがし青山が動く部分と、王に背き天罰が当たる部分が脚本にそのまま引用されている。この引用によって、武時の発狂に整合性が与えられている。

脚本「蜘蛛巣城」 シーン68 蜘蛛巣城・大広間
　〰いかに鬼神もたしかに聞け、昔もさるためしあり、
　千方といいし、逆臣に仕えし鬼も、王位を背く天罰にて、
　千万を捨つれば忽ち亡び失せしぞかし
武時、この謡が耳に痛い。
「ええい!!　もう、舞は沢山じゃ!　止めい!!　止めい!!」
と、(中略)武時、血走った眼で、またもや空いている席へチラリと視線をやる。その顔が異様に歪む。空いて居た席に、死相の三木義明が坐っている。

中将
画像提供:中村光江氏

『蜘蛛巣城』 中将の能面
負修羅のメイクの造形
『蜘蛛巣城』の武時に殺された後に亡霊となって出てくる三木は、中将という貴族の亡霊の面とした(黒澤の証言による)。

能「黒塚(安達原)」から『蜘蛛巣城』へ
詞章から脚本への引用　舞台の造形
能「黒塚(安達原)」より
　〰あさましや人界に生を受けながら、かかる憂き世に明け暮し、
　身を苦しむる悲しさよ
能「黒塚(安達原)」では、薪屋の作り物が舞台中央に置かれる。

脚本「蜘蛛巣城」 シーン4 蜘蛛手の森
その時、薪屋の中から、細々と哀しげな唄声が聞えて来る。
　〰あさましや　あさましや
　などて人の世に生をうけ
　虫のいのちの細々と
　身を苦しむる愚かさよ

山姥
画像提供:中村光江氏

『蜘蛛巣城』 山姥の能面
山に住む鬼女のメイクの造形／キャラクターの造形
森の中の魔女は山姥の面(黒澤の証言による)。

能「自然居士」から『隠し砦の三悪人』へ
キャラクターの造形／詞章から脚本への援用

『隠し砦の三悪人』の雪姫（上原美佐）のメイクは、能「自然居士」の喝食の面に似せるようにした（上原美佐の証言による）。

能「自然居士」では、人買いから村娘を助ける場面がある。『隠し砦の三悪人』も同様の状況のもと、人買いに貰われた村娘を、姫が六郎太に買い戻させ、村娘を助ける。

喝食
画像提供：中村光江氏

能「田村」から『影武者』へ
詞章から脚本への援用

能「田村」より
　　〽逢坂の山を越ゆれば浦波の、粟津の森や陽炎の、
　　　石山寺を伏し拝み、これも清水の一仏と、
　　　頼みは逢ひに近江路や、勢田の長橋踏み鳴らし、
　　　駒も足並みや勇むらん

武田信玄の没後、武田の武将たちが薪能で「田村」を鑑賞し、武田騎馬軍の先頭に勇壮に立つ信玄の姿を思い涙したというエピソードがある。

脚本「影武者」　シーン52　諏訪神社・境内

薪能。
勝修羅「田村」の勇壮な舞い。
平太の面にきりりと締めた純白の鉢巻（中略）
　　〽瀬田の長橋踏み鳴らし……
という段になった時、舞台を見つめていた侍大将山県は、思わず涙を拭う。（中略）亡き主君の非運を思って泣いたのだろう。

『乱』　大悪尉の能面
変容する秀虎のメイクの造形／
キャラクターの造形

『乱』では、栄華を極めた秀虎が、老い、家臣から裏切られ絶望していく姿が描かれる。創作ノートには、秀虎の心情の変化と変容するメイクを表現するためにいくつもの能と能面のメモが残され、「大悪尉」、「実盛」、「景清」、「俊寛」などについて記されている。

能「実盛」（老いた秀虎）
能「景清」（落ちた秀虎）
能「俊寛」（絶望の秀虎）

脚本「乱」　シーン1　草原

獲物をねらって服の矢を弓につがえひきしぼる。
風に波打つ白髪白髯、赫顔に炯炯たる眼、天晴れ千軍万馬の面構え、まさに大悪尉の面の如し──一文字秀虎。

大悪尉
画像提供：イノウエコーポレーション
www.nohmask21.com/index_j.html

脚本「乱」　シーン19　曲輪内

（前略）狂阿彌が、大きな声で唄って踊る。
　　〽あの殿はのう
　　　風の中のひょうたん
　　　あなたへひょろりひょ
　　　こなたへひょろりひょ（中略）
　　〽ひょうらひょひょ
　　　ひょひょらひょひょ
　　　本丸に
　　　ひょうたん吊して　面白やのう

狂言「驚嘆（ひょうたん）」から『乱』へ
詞章から脚本への引用

狂言「驚嘆」より
　　〽垣にひょうたん吊いて、折節風が吹いてきて、
　　　あなたへはひゃっきりしょ、こなたへはひゃっきりしょ、
　　　ひょうひょらひょうひょう、ひょうたんつるいて面白やのぅ

狂言「隠狸」から『乱』へ
詞章から脚本への引用

狂阿彌が酒宴で披露する「あンの山からこンの山まで」と唄う場面は、狂言「隠狸」から引用している。

脚本「乱」　シーン4　その幕屋の中

狂阿彌、ぴょこりと一礼して、唄い踊る。
　　〽あンの山からこンの山まで
　　　飛んで来たるは、なんじゃるの
　　　頭に二ツ　ぎんとはねたもの　兎じゃ

能「船弁慶」から『乱』へ
詞章から脚本への引用

能「船弁慶」より
　　〽あら不思議や海上を見れば、西国にて亡びし平家の一門、
　　　おのおの浮かみ出でたるぞや、かかる時節をうかがひて、
　　　恨みをなすも理なり

脚本「乱」　シーン120　嵐の荒野

狂阿彌、その秀虎を見つめて、「いいぞいいぞ！」と、唄い出す。
　　〽あら不思議や荒野を見れば
　　　わが手に滅びしあまたの一門
　　　おのおの浮み出でたるぞや

第3章

『七人の侍』創作の秘密

世界映画史の最高峰のひとつ『七人の侍』（1954年）は、黒澤と橋本忍、小國英雄の3名の合作による脚本の映画化である。侍たちそれぞれのキャラクターはどのように構想され、肉付けされたのか。またストーリーの構造はいかに構築されたのか。その過程を、新たにアイデアの源泉として注目されるソ連の文学者ファジェーエフの小説『壊滅』（1927年）にも触れながら解き明かす。

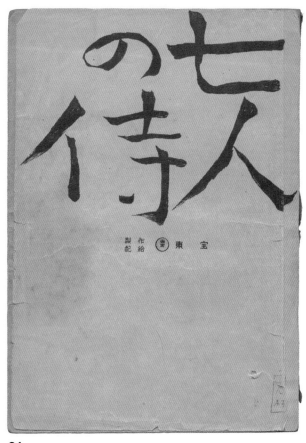

31
「七人の侍」撮影台本（1953年）
Script of *Shichinin No Samurai / Seven Samurai* (1953)

『七人の侍』のメインキャラクターの1人である勘兵衛を演じた志村喬の旧蔵品。

国立映画アーカイブ所蔵（志村喬コレクション）
Takashi Shimura Collection of NFAJ

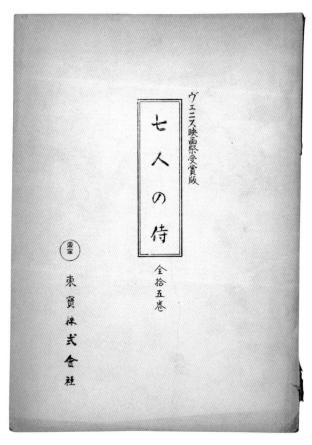

32
「七人の侍」海外版完成台本（1954年）
Final script for the international version of *Shichinin no samurai / Seven Samurai* (1954)

『七人の侍』の上映時間は3時間27分であるが、海外市場での展開を見込んで、黒澤自身が2時間40分に短縮したバージョンも製作された。ヴェネツィア国際映画祭に出品されたのもこの短縮版である。表紙に書かれた「ヴェニス映画祭受賞版」、「全拾五巻」という文言が目をひく。

槙田寿文氏所蔵
Collection of Toshifumi Makita

33
『七人の侍』初版ポスター（1954年）
Poster of *Shichinin no samurai /
Seven Samurai*, first printing (1954)

槙田寿文氏所蔵
Collection of Toshifumi Makita

35
『七人の侍』凱旋版ポスター（1954年）
Celebratory poster of *Shichinin no
samurai / Seven Samurai* (1954)

ヴェネツィア国際映画祭での銀獅子賞受賞を
祝した凱旋上映のために作られたポスター。『七
人の侍』が賞を受けた第15回ヴェネツィア国際
映画祭は、銀獅子賞に『道』（フェデリコ・フェリー
ニ監督）、『山椒大夫』（溝口健二監督）といった
世界映画史上に名を残す作品が連なっていた。

槙田寿文氏所蔵
Collection of Toshifumi Makita

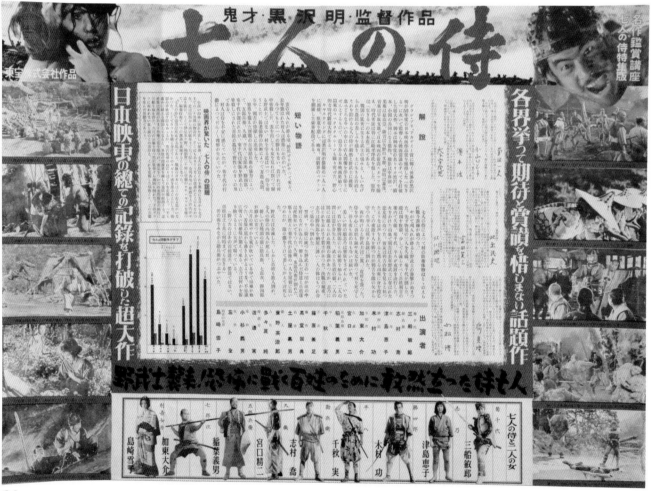

34
『七人の侍』先行版ポスター（1954年）
Teaser poster of *Shichinin no samurai / Seven Samurai* (1954)

槙田寿文氏所蔵
Collection of Toshifumi Makita

小國英雄 おぐにひでお（1904.7.9〜1996.2.5）

1904年青森県生まれ。兄の影響で武者小路実篤の作品に傾倒し文学に目覚め、のちに実篤主催の「新しき村」に参加する。1929年、実篤の紹介で日活太秦撮影所に助監督として入社。その後は脚本部に転属となり、阿部豊のもとで脚本を執筆しはじめる。1933年に『モダン・マダム行状記』（1933年、伊奈精一監督）で脚本家デビュー。その後は日活多摩川撮影所を経て東宝に入社し、喜劇を中心に数多くの脚本を執筆する。映画監督としても、1939年に『ロッパ歌の都へ行く』と『金語楼の親爺三重奏』の2本を監督。黒澤とは1952年の『生きる』からはじまり、『七人の侍』『生きものの記録』『蜘蛛巣城』『どん底』『隠し砦の三悪人』『悪い奴ほどよく眠る』『椿三十郎』『天国と地獄』『赤ひげ』『どですかでん』『乱』を共同執筆し、計12作品に参画した。『生きる』において、ストーリー中盤で主人公が死に、その葬儀がクライマックスになる展開を考えついたのは小國の功績であるといわれる。他に『阿片戦争』（1943年、マキノ正博監督）、『煙突の見える場所』（1953年、五所平之助監督）、『小さい逃亡者』（1966年、エドアルド・ボチャロフ／衣笠貞之助監督）など多数の脚本を執筆し、200本以上が映画化された。1966年にはTV番組製作会社C.A.Lの役員に就任した。また、京都で小國シナリオ塾を開き後進の指導にもあたった。1996年死去、満91歳没。

小國英雄「"七人の侍"余話」

小國英雄

　"七人の侍"は、いつもイバッているサムライが、百姓の前には無力であったという新しい内容と形式を持った時代劇映画です。だからといって、理くつばった、しちめんどうくさい内容をもった映画ではありません。この映画を企画したのはプロデューサーの本木荘二郎氏と監督の黒沢明氏で、途中からぼくと橋本忍氏が参加したわけです。かねがね黒沢氏は、時代劇を一本撮りたいと本木氏にもらしていたが、それが"生きる"の完成とともに急に具体化した。本木氏はまず小説家の村上元三氏のところへいって、むかしのサムライはどうしてメシをくっていたのだろうかとたづねた。村上氏のいうことに「仕官している武士以外は、大半が百姓の用心棒みたいなことをしていたのではないか」―これをきいた黒沢氏が「そいつはおもしろい」というので、われわれ三人が脚本にとりかかった。題名もそのときは"武士道時代"というのを考えた。とにかく、痛快な時代劇映画を作るというのがわれわれの狙いで、いままでにない規模のおおきなものになるでしょう。（談）

出典：「日本映画」1953年8月号（世界映画社）

※この小國英雄の談話の時点では、『七人の侍』は撮影中であり、撮影はここから予定を大幅にオーバーして更に9か月程度続くことになる。したがって『七人の侍』が映画史に大きな影響を与える傑作になると予見し得ない時点での、脚本家自身によるコメントということになる。諸説ある企画の成立過程に関して、最も事実に近いものと考えられる。

橋本忍 はしもとしのぶ(1918.4.18〜2018.7.19)

1918年兵庫県生まれ。従軍中に結核にかかり、療養生活中に伊丹万作の存在を知る。退院後は会社員生活と並行して伊丹万作に脚本の指導を受ける。伊丹の死後、夫人から伊丹の弟子であった佐伯清を紹介され、その縁で黒澤に出会う。1949年、芥川龍之介の「藪の中」を脚色した『雌雄』を黒澤に提出する。この脚本は、黒澤の助言によって芥川の「羅生門」を加え、1950年に『羅生門』として映画化される。本作がはじめて映画化された橋本の脚本である。以降、黒澤とは『生きる』『七人の侍』『生きものの記録』『蜘蛛巣城』『隠し砦の三悪人』『悪い奴ほどよく眠る』『どですかでん』を共同執筆し、計8作に参画した。時代劇、サスペンス、戦争ものなど幅広い分野で多くの脚本を執筆し、そのストーリー展開の絶妙さは「構成の橋本」といわれ、多数の脚本賞を受賞した。また映画監督としても、『私は貝になりたい』(1959年)、『南の風と波』(1961年)、『幻の湖』(1982年)の3作品を監督した。1974年には橋本プロダクションを設立、山田洋次と共同執筆した『砂の器』(1974年、野村芳太郎監督)や単独執筆した『八甲田山』(1977年、森谷司郎監督)を映画化し大ヒットさせた。他に『女殺し油地獄』(1957年、堀川弘通監督)、『張込み』(1958年、野村芳太郎監督)、『首』(1966年、森谷司郎監督)など計71本の脚本が映画化された。著書に『複眼の映像——私と黒澤明』(2006年、文藝春秋)などがある。2018年死去、満100歳没。

36
『七人の侍』プレスシート(1954年)
Press material of *Shichinin no samurai / Seven Samurai* (1954)

槙田寿文氏所蔵
Collection of Toshifumi Makita

『七人の侍』 創作ノート

黒澤は『七人の侍』の脚本を執筆する準備のために、4冊の創作ノートを作成している。
龍谷大学の「黒澤明デジタルアーカイブ」で公開されている創作ノートには1から4までの番号が振られており、それぞれ37ページ、70ページ、61ページ（表題「七人の性格」）、32ページ（表題「村の人々」）にわたって書き込みがあり、総計200ページに及ぶ。

創作ノート 1 概要

▶ 37ページの内訳は、製作にあたってのスタンスが1ページ、小説『壊滅』関連が24ページ、ストーリー関連が12ページである。

▶ 小説『壊滅』は、1927年にソ連の小説家アレクサンドル・ファジェーエフ（1901~1956）によって書かれた社会主義リアリズム文学作品。

▶ 『壊滅』関連の記述では、この小説から25箇所が抜き書きまたは参考にされており、『壊滅』がベースとされている点が確認された。

▶ 『壊滅』の進行に合わせて『七人の侍』に向けたイメージを膨らませており、『七人の侍』に使われるエピソードがすでにいくつも出ている。

▶ 『壊滅』から主役級3人（レヴィンソン、モロースカ、メーチック）の行動や心理を中心に抜き書きされており、彼らは最終的には勘兵衛（志村喬）、菊千代（三船敏郎）、勝四郎（木村功）につながっていく。

▶ 後半12ページのストーリー展開では、イントロから侍探しまでの大筋の流れが当初からできていたことがわかる。

▶ 勘兵衛に該当するリーダーは、老いを意識した悩める人物と設定されており、映画のテーマは若侍である新九郎（のちの勝四郎）の成長物語の側面が大きい。

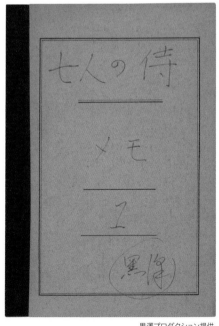

黒澤プロダクション提供

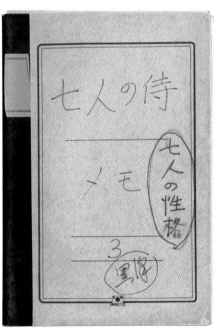

黒澤プロダクション提供

創作ノート 2　概要

▶ ノート2は70ページに及んでおり、創作ノート4冊の中で最多のページ数である。

▶ さまざまな場面を想定しながらその具体的な記述と人間の感情、心情、セリフを羅列している。

▶ ノート1で創ったストーリーを基本的には変更せず、それを豊かにするべく心理描写や行動を全体にわたって書き連ねている。

ノートの後半部分に記され、決定稿に採用されたセリフとエピソード

- ▶ 「待て待て──腹が空きゃァ狼だって森から出て来らァ」
- ▶ 「あれが俺たちの城だ」
- ▶ 老婆の米拾い
- ▶ 女房を野武士に盗られた男
- ▶ 手当たり次第に木の枝を折った
- ▶ 「旗がほしいな」
- ▶ 「首を切られるのに髭を惜しがって泣く奴はない」
- ▶ 「おい、その口をもぐもぐやってる奴、止めろ」
- ▶ 自分の家が焼けるのを見て泣いている一家
- ▶ 百姓の竹槍訓練
- ▶ 馬──落馬（中略）その竹やぶを出て来たのは馬だけだった
- ▶ 「もう我慢できない！　あなたはほんとに……すてきです（後略）」
- ▶ 抜き身を何本も突刺しておく
- ▶ ラスト──田植がはじまる──代掻きでもいい
- ▶ クライマックス　風の中に平八の旗がひるがえる！

他の黒澤作品で使われたセリフとエピソード

- ▶ 「気をつけろ、俺は今日、残酷な気持になってるんだ」┐
- ▶ 「物凄い奴だ、ありゃ……」
- ▶ 「あいつは抜き身みたいな奴だ。すごく切れそうだ」──『椿三十郎』(1962年)
- ▶ 「もっと切れる奴は、鞘の中に入っているよ」
- ▶ 「長い面だな──馬の方が丸顔だ」┘
- ▶ 一番悪い奴が一番早く眠る──────────『悪い奴ほどよく眠る』(1960年)
- ▶ 「正真正銘の畜生だ！」────────────『天国と地獄』(1963年)

創作ノート 3　「七人の性格」概要　（38-39ページで解説）

創作ノート 4　「村の人々」概要

「村と儀作」「万造」「与平」「茂助」「利吉」からなる。
万造（藤原釜足）が戦の後に侍を皆殺しにしようと画策する案が書かれている。

小説『壊滅』から創作ノートへ

小説『壊滅』は、1927年にソ連の小説家アレクサンドル・ファジェーエフ（1901〜1956）によって書かれた社会主義リアリズム文学作品で、白衛軍と日本軍に包囲された革命パルチザンの悲劇を扱っている。黒澤は「農民が侍をやとって野武士の集団と戦う」というコンセプトから、野武士との戦いにゲリラ戦をイメージしたと思われる。そこで、パルチザンによるゲリラ戦を描いた『壊滅』を参考書籍のひとつとした可能性がある。そこには黒澤が求めるリアリズムと心理描写もあった。

創作ノート 1 『壊滅』

黒澤は、ノート冒頭から「以上 壊滅」（下図）までの24ページに、『壊滅』の進行に合わせて気になる描写やセリフを25箇所にわたり抜き書きしている。例を挙げると「おれは百姓って奴が嫌いだ、何だか気に喰わない」、「神様なんてどこに居るんだね」、「前に行きゃァ棺だし、後へ行きゃァ墓だ」など。同時に、「侍」と「農民」を意識してイメージの浮かんだ場面や心理描写／セリフをエピソード候補として書き込んだ。

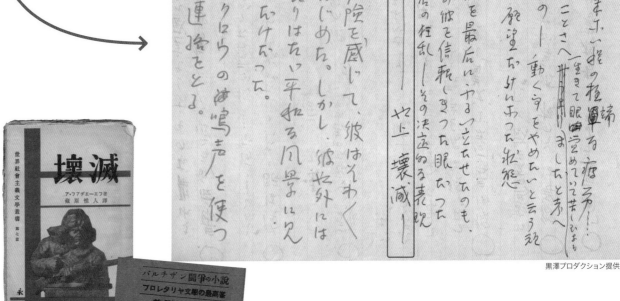

黒澤プロダクション提供

30
ファジェーエフ『壊滅』（1929年、南宋書院）
Alexandr Fadeyev, *Razgrom* (1929)

旧ソ連の作家アレクサンドル・ファジェーエフの代表作。日本語訳は全日本無産者芸術連盟（ナップ）のメンバーだった作家・蔵原惟人によるもの。当時、社会主義リアリズム文学の最高峰として紹介され、若者たちに影響を与えたと思われる。このころ黒澤もナップに所属しており、プロレタリア運動に傾倒していた。

槇田寿文氏所蔵
Collection of Toshifumi Makita

映画『七人の侍』に活用された例は以下の通りである。

▶ 森の中の逢引き
▶ 捕虜を巡る対立
▶ 不審番の武器を隠す
▶ 木刀は使えるか
▶ 駄馬を押しつけられる
▶ 斥候のエピソード　等

『七人の侍』における印象的なエピソードの原型が、初期段階から『壊滅』を媒介として黒澤の脳裡に浮かんでいたことがわかる。

「特別よみもの『七人の侍』」

撮影初期に雑誌「映画ファン」（1953年5月号、映画世界社）に掲載されたこの「特別よみもの」には「編集部注釈」として次のような記載がある。
「脚本の書き上がるのが遅れ、決定稿の出来上がるまで〆切を待つわけにはいかなくなりましたので、決定稿を待たず、物語にまとめました事をお断りしておきます」
つまり、この物語は創作ノートをベースとした第1稿と決定稿の中間に位置するものと考えられる。

「特別よみもの」と映画の相違

- ▶ 時代設定は豊臣氏滅亡後の混乱期（天正14年＝1586年と特定できる）

- ▶ 菊千代は悪事ばかり働くので、平八にあだ名を「善兵衛」とつけられる（ノート3では勘兵衛が名前をつける）

- ▶ 旗は「6つの○と善兵衛の●」であり、映画化された△ではない（ノート3では平八が「旗がほしいな」といって旗を作る設定になっており、○●の区別は書かれていない）→

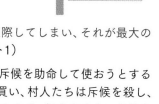

- ▶ 勝四郎と志乃は基本的に映画と同じ関係だが、早々に男女の仲になる

- ▶ 侍たちは村の女たちと交際してしまい、それが最大の政治的問題となる（ノート1）

- ▶ 勝四郎が最初に捕まえた斥候を助命して使おうとするが、それが村人の激昂を買い、村人たちは斥候を殺し、それが侍たちへの不信にもなる。村を去るという侍も出るが、勘兵衛がおさめる（ノート2）

- ▶ 第1回戦は、野伏せりが他の村に行った帰りを奇襲し5人を殺すが、種子島（鉄砲）で勘兵衛が重傷を負う（ノート3では負傷ではなく病気）

- ▶ 第1回戦の直後に決戦がはじまる。まず村はずれの与平の家が襲われ、善兵衛が助けに行くが、夫婦で殺されており、そばに赤子がいる（ノート4では儀作の家が襲われる）

- ▶ 最後の決戦は雨中ではない（ノート2では雨中の決戦）

- ▶ 善兵衛は、侍たちが種子島（鉄砲）を恐れているのを知っているので、決死の思いで種子島を奪う

- ▶ 生き残るのは勘兵衛、勝四郎、五郎兵衛、久蔵の4名

- ▶ 勘兵衛「俺達の力で勝ったのでない。あの百姓達の熱意と、土への愛着が俺達を勝たしたんだ」

- ▶ 最大の相違は、勘兵衛が村に残って百姓になることを決意したこと（ノート1と3に示唆する表現あり）

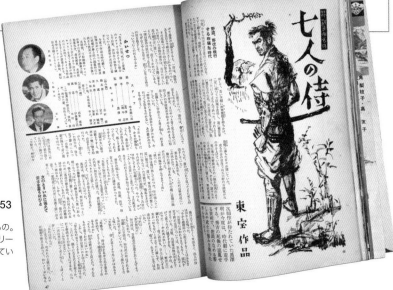

29
「映画ファン」1953年5月号
「特別よみもの『七人の侍』」（1953年）
"Special Reading: *Shichinin No Samurai*," *Eiga Fan*, May, 1953

決定稿完成前に、「映画ファン」編集部が途中稿をベースに書いたと推定されるもの。ラストで勘兵衛が武士の身分を捨てて農民になるなど、完成版と大きく異なるストーリーとなっている。紙面には1953年3月にクランクイン、同年7月公開予定と書かれているが、実際には1954年4月と大きくずれ込んで公開された。

槇田寿文氏所蔵
Collection of Toshifumi Makita

創作ノート3 「七人の性格」

ノート3「七人の性格」にはそれぞれの「人物の彫り込み」が記されている。しかし、ノート3に出ている7人は、菊千代以外の6人と「善兵衛」という人物であり、三船敏郎が演じた菊千代は出てこない。侍に割かれたページ数は、志村喬が演じた勘兵衛でさえ12ページ、ほかの侍（久蔵、平八、五郎兵衛、七郎次、勝四郎）はそれ以下となっており、決定稿にも映画にも登場しない善兵衛に最も多い17ページを費やしている。

勘兵衛（志村喬）

▶ そろそろ五十に手が届く。

▶ 白髪が大分見える。若い頃の夢も情熱も枯れかかって、どこかで静かに生活したくなっている。近頃、しきりに家庭とか子供とか、そう云う平凡な幸福について考える。

▶ 不運な男である。合戦には随分出たが、みな敗戦ばかりであった。

▶ 運が良ければ、足軽大将にはなっていた男。

▶ 過去の苦しい経験が彼から圭角をとった。自然な考え深い円満な人柄をねり上げている。

▶ 統制が乱れた時、彼は恐ろしく強烈な性格の一面を見せる。

▶ かんじんな時の病気、彼はそれを誰にも黙っている。

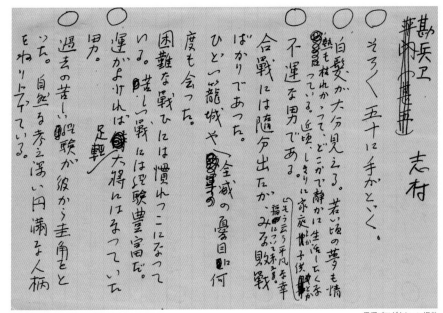

黒澤プロダクション提供

久蔵（宮口精二）

▶ 世の中で頼りになるのは自分の腕だけだと思っている。
自分を鋼の如くたたき上げる事だけ考えている。
それ以外に生きる道は無いと思っている。

▶ そうだ。俺は自分以外のものはみな敵だと思っている。

▶ 無口——傲慢——冷酷　しかし、それは必死の彼の努力なのである。本当はやさしい男なのである。

▶ 彼は、ほとんど喋舌った事はない。ただ、危険な任務があるときまってこう云う。
〝俺がやる！〟しかし、その言葉より早く刀をつかんで立ち上りながら——

平八（千秋実）

▶ 勘兵衛を風雪をしのいで来た老松にたとえるなら、この男はまだ若々しい柳である。

▶ 生れつき人なつっこく、その性質が人に好かれて、すくすくとのびて来た。

▶ 集団の中で本能的にエンジン・オイルの役目をした。

▶ 事態は緊迫して来た。だから彼は冗談を云い出した。

▶ 侍の中で百姓に愛想がいいのは彼だけだった。

五郎兵衛（稲葉義男）

▶ いつでも静かでおだやかだが、その物柔かさの下に、何か人をなだめる様な力がある。

▶ 軍学は相当出来る。

▶ キチンと坐ったまま、よく居眠りをする。

▶ 茫漠たる風貌

▶ 名利に恬淡──生れつき

▶ ちゃんと自分の始末のついた人間。

▶ 実質的に副将の重みがある。

七郎次（加東大介）

▶ 従卒的──最も忠実なる勘兵衛の家臣

▶ 彼は勘兵衛を主人ときめている。勘兵衛を愛し尊敬し、その手足になって働く事に安心立命している。

▶ 兵卒としては古兵。戦にはなれている。

▶ 暇な時はよく手仕事をしている。

▶ 此の男の一番大きな特徴は、無私と云う事である。

勝四郎（木村功）

▶ 総てが新しい経験である。

▶ 総ての事件を若々しい敏感な感情で受け取る。

▶ 子供あつかいされるとひどく怒る。

▶ 過去。育ちがいい。有福な郷士の末っ子。頼んでも親が許さないので飛び出して来た。勘兵衛には許されて出て来た様に嘘をつくが、すぐ見破られる。

▶ 兵法者気取りの無経験な青年。

▶ みじめな百姓を見ると、郷里で倖せだった自分が恥ずかしくなる。

善兵衛

▶ 悪霊──戦国の生んだ化物

▶ 恐ろしい過去

▶ 変質的

▶ 原始人に近い異質の人間

▶ あいつの血は特別に熱い、いや煮えたぎっている。

▶ 彼の態度は何時でも傍若無人であった。

▶ あくことをしらぬ不逞さ、平穏とか可憐とか温情とか云うものを小虫の様に踏みにじって顧みず、自我を通すことに於ては何物も恐れぬ傲岸不遜な魂。

▶ 彼は危険を酒の様に求めた。

▶ 神様なんてどこに居るんだね。

▶ 良心なんて糞喰らえだ……俺の良心はふんどしの中にあらァ。

▶ 一番悪い奴が一番早く眠るんだぜ……本当だぜ。

▶ 待て待て──腹が空きゃァ狼だって森から出て来らァ。

▶ かくし田でゆすり、ドブロクをせしめて来る。

▶ へん、侍面はもう古いぜ。足軽人足がよ、鉄砲でドカンと来りゃそれっきりじゃねえか。侍なんて鉄砲がねえ時分のお伽話さ。

▶ 「おい、俺の首にゃ三十貫の懸賞金がついてるんだぜ。嘘じゃねえ」

▶ 宿無し犬みたいについて来る。

▶ おい連れてけ、相手が野武士となりゃァ、おれにゃ見通しだ。役に立つぜ。おい連れてけ、俺ァお前に惚れたんだ。

＊「善兵衛」の人物造型には、バルザックが生んだ名キャラクター「ヴォートラン」からの影響が明らかにうかがえる。

＊ヴォートランは善悪ではなく本人のルールで思うように行動する人間である。

＊黒澤はヴォートランのようなキャラクターを描きたいと考えていた（22ページ参照）。

名キャラクター菊千代誕生の秘密

1 モロースカから善兵衛へ

モロースカ

創作ノート1の24ページに及ぶ『壊滅』からの抜き書きで具体的に名前が出ているのは、最初のページに出てきた元炭鉱夫（創作ノートでは猟師）のモロースカだけである（右図参照）。モロースカは『壊滅』の主要人物のひとりであり、黒澤は『七人の侍』の主要人物への発展を想定していた。

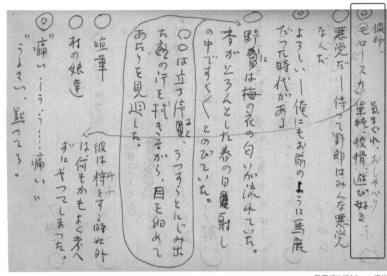

黒澤プロダクション提供

▶ モロースカの出自／特徴／行動

▶ 炭鉱で生まれ育った元炭鉱夫。親子二代炭鉱で働いた。

▶ 粗野で下卑ていて、何でも深く考えず実行する。

▶ お喋りだが、仲間は裏切らない。ストライキで投獄されるが、首謀者の名前は吐かなかった。

▶ 特に深い理由もなくソ連を擁護、炭鉱の出入りを禁じられ、パルチザンへ。共産主義の理屈などわかっていない。

▶ レヴィンソン（→勘兵衛）隊の伝令であり、重宝されている。何でもやらされている。

▶ 負傷していたメーチック（→勝四郎）は、モロースカに助けられレヴィンソン隊に参加する。

▶ 最後は自らが犠牲となり、仲間に危険を知らせる。

善兵衛

黒澤はモロースカの要素を取り入れながら、創作ノート3で侍の中で最大の17ページを費やして善兵衛を創り出す。しかし、イメージが膨らみ過ぎたのか、肝心の人物造型が明確ではなく、善兵衛のキャラクターが確立されなかった。創作ノートから類推できる善兵衛の出自・特徴は、農民出身で戦に徴用され、雑役夫や足軽を経験し、村に戻らずにそのまま野獣化したものである。善兵衛は強盗を働き、野伏せりにも参加し、お尋ね者で賞金もかかっており、侍を憎んで百姓を侮蔑している。粗野で下卑ていて、悪行も善行も深く考えず実行する善兵衛は「モロースカ」＋「多襄丸」（『羅生門』）といえる。

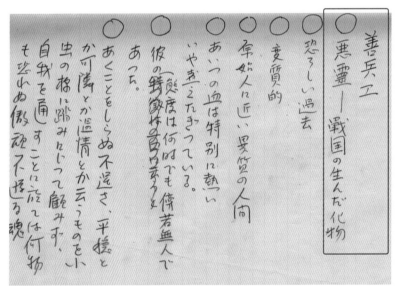

黒澤プロダクション提供

2 行き詰まる脚本

創作ノートをベースにはじまったシナリオ作りは、暗礁に乗り上げる。「特別よみもの『七人の侍』」からも類推できるように、ドラマは右図のような複合的な対立構造を抱えたためにスムーズに流れなくなったと考えられる。原因はいくつか挙げられるが、主な要因は善兵衛と久蔵の自分勝手なキャラクター設定にあったといえよう。特に、善兵衛のふるまいは農民の侍に対する不信感を生み出し、侍同士の不協和音をも招く。そのため、厳しい対立構造をドラマとして整理し、大団円へもっていくことは大きな困難を伴う。

この状況を招いたのは、黒澤のキャラクター設定の甘さにあった。彼はこの局面をどう打開したのか。

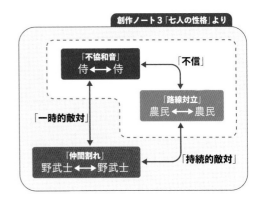

創作ノート3「七人の性格」より

3 チーホンの登場、そして菊千代の誕生

チーホン

創作ノート2に「チーホン——道化役」という記述がある。その3行前には、「道案内の百姓」、1行前には「村の若い者……土と取っ組んでいるより、いくさごっこの方が面白い」という記述がある(右図参照)。

この時点で、黒澤は「村の若い者で、土地案内ができ、侍に憧れるコメディリリーフ役」を想定していたと思われる。創作ノート2の段階であるから、登場人物と決めていたわけではなく、そのような登場人物も必要かもしれないし、必要であればこのような感じである、という程度であったと想定される。

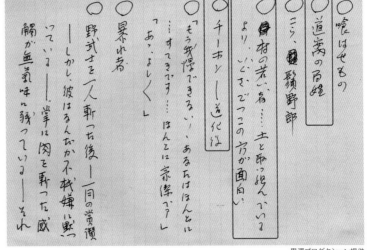

黒澤プロダクション提供

それでは、このチーホンとは何者であるのか。実は、これは『戦争と平和』に登場する端役の名である。チーホン(近年の翻訳では「チホン」)は物語の終盤に少し出てくるだけだが、『戦争と平和』からチーホンの出自・特徴をまとめると右下のようになる。

右の**1**、**2**、**4**の項目が菊千代と重なりあって見える。**5**は、昼日中にフランス軍の真ん中に忍び込み、見つかって逃げる描写が、菊千代が野武士から種子島(鉄砲)を奪って逃げるシーンと雰囲気が似ている。しかし、チーホンは創作ノート2ではあくまでも脇の「道化役」の想定であり、創作ノート3における善兵衛には、『壊滅』のモロースカの影響はあってもチーホンの影響は見受けられない。黒澤は決定稿で行き詰まった際、創作ノート2を読み返してチーホンを再発見し、チーホンの出自や隊の一員になったエピソード、そしてキャラクター像を取り入れて善兵衛を菊千代へ発展させることを思いついたと考えられる。ここに黒澤のキャラクター造形の優れた点が現れている。

『戦争と平和』におけるチーホンの描写

1 百姓出身のパルチザンの一員。百姓時代、村を襲った略奪兵(仏軍)を20名あまり殺害。

2 村に来たパルチザン部隊にまとわりついて無理やり一員となる。

3 雑用でもなんでも機敏にこなし、自然と隊にはなくてはならない人間になる。

4 偵察や仏軍の軍服や小銃を盗み、情報収集のために捕虜の捕獲もした。

5 仏軍の銃撃から逃げる姿が菊千代を彷彿とさせる。

6 陽気であるが、捕虜の殺害には躊躇しない。

菊千代は、モロースカと善兵衛とチーホンのハイブリッドである。

『七人の侍』キャラクターの変遷

勘兵衛　勘兵衛のリーダー像は、『壊滅』の悩みを内に秘めたリーダーから完成映画で見られる冷静沈着なリーダーまで、絶えず変化し続けた（下図参照）。決定稿前までは、途中で病気・負傷し、最後は農民となる設定であった。

勝四郎（新九郎）　勝四郎は、当初は新九郎という名が与えられていた。黒澤は『七人の侍』を新九郎の成長物語として構想しており、勘兵衛が途中で病気・負傷するのは、新九郎（勝四郎）の成長を促すためであった。なお、創作ノート1・2にはのちに善兵衛（菊千代）へ反映されることになるキャラクター造形等が新九郎の項目に書かれている。

菊千代（善兵衛）　『壊滅』のモロースカからはじまり、バルザックのヴォートランのような善兵衛（菊千代）像で行き詰まった黒澤は、『戦争と平和』のチーホンをモデルにすることで、シナリオの危機的局面を打開するだけでなく、独創的なキャラクターの創造にも成功する。

	『壊滅』と『戦争と平和』	創作ノート1	創作ノート2	創作ノート3	特別よみもの	決定稿	映画
勘兵衛	レヴィンソン（隊長）	悩みを内に秘めたリーダー 途中で死亡する		老いを意識したリーダー 途中で病気になる	気苦労の多いリーダー 途中で負傷し、最後は農民となる	人間味のある人格者	冷静沈着なリーダーであり人格者（ラストシーンでは決定稿から3つの台詞がカットされている）
菊千代（善兵衛）	モロースカ（元炭鉱夫） チーホン（『戦争と平和』）	主役として新九郎（勝四郎）の原型	主役として新九郎（勝四郎）の原型	戦国時代が生み出した歪んだ化物	悪事を働くが活躍する	農民と侍をつなぐジョーカー	決定稿から変更なし
勝四郎（新九郎）	メーチック（青年医師） ペーチャ（『戦争と平和』）	主役として新九郎（勝四郎の原型）	主役として新九郎（勝四郎の原型）	兵法者気取りの青二才 失敗を重ねて成長していく	志乃とすぐに恋仲となる 正義感が強く、いまだ修行の身である青二才	正義感が強く、いまだ修行の身である青二才	決定稿から変更なし
久蔵				エゴイスト	近寄りがたい剣術家	ストイックな求道者	より寡黙になる
平八				人間的	途中で合戦への参加を止めようとする	明るくおしゃべりな性格	おしゃべりな性格が抑制される
七郎次				忠実な下僕	創作ノート3から変更なし	創作ノート3から変更なし	決定稿から変更なし
五郎兵衛				世慣れた兵法者	創作ノート3から変更なし	出しゃばらない副将	決定稿から変更なし

『七人の侍』 引用エピソード・台詞集

印象的なエピソード・台詞の多い『七人の侍』であるが、引用先として多いのが『壊滅』を除けばトルストイの『戦争と平和』である。黒澤はテレビ番組『若い広場』(1981年、日本放送協会)で「今までに30回ぐらい読んだかな」と発言している。また、内容はまったく関係ないが、バルザックの『ウジェニー・グランデ』(1833年、邦訳別題『愛と慾』『純愛』)からも下記のような引用がある。

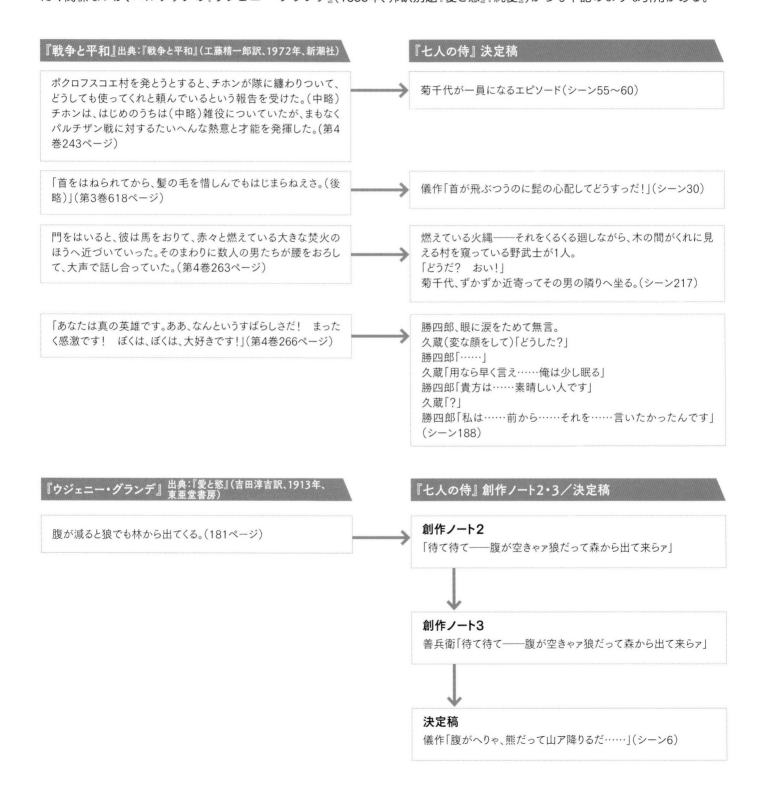

『戦争と平和』出典：『戦争と平和』(工藤精一郎訳、1972年、新潮社)

ポクロフスコエ村を発とうとすると、チホンが隊に纏わりついて、どうしても使ってくれと頼んでいるという報告を受けた。(中略) チホンは、はじめのうちは(中略)雑役についていたが、まもなくパルチザン戦に対するたいへんな熱意と才能を発揮した。(第4巻243ページ)

『七人の侍』決定稿

菊千代が一員になるエピソード(シーン55〜60)

「首をはねられてから、髪の毛を惜しんでもはじまらねえさ。(後略)」(第3巻618ページ)

儀作「首が飛ぶつうのに髭の心配してどうすっだ!」(シーン30)

門をはいると、彼は馬をおりて、赤々と燃えている大きな焚火のほうへ近づいていった。そのまわりに数人の男たちが腰をおろして、大声で話し合っていた。(第4巻263ページ)

燃えている火縄——それをくるくる廻しながら、木の間がくれに見える村を窺っている野武士が1人。
「どうだ？　おい！」
菊千代、ずかずか近寄ってその男の隣りへ坐る。(シーン217)

「あなたは真の英雄です。ああ、なんというすばらしさだ！　まったく感激です！　ぼくは、ぼくは、大好きです！」(第4巻266ページ)

勝四郎、眼に涙をためて無言。
久蔵(変な顔をして)「どうした？」
勝四郎「……」
久蔵「用なら早く言え……俺は少し眠る」
勝四郎「貴方は……素晴しい人です」
久蔵「？」
勝四郎「私は……前から……それを……言いたかったんです」
(シーン188)

『ウジェニー・グランデ』出典：『愛と慾』(吉田淳吉訳、1913年、東亜堂書房)

腹が減ると狼でも林から出てくる。(181ページ)

『七人の侍』創作ノート2・3／決定稿

創作ノート2
「待て待て——腹が空きゃァ狼だって森から出て来らァ」

創作ノート3
善兵衛「待て待て——腹が空きゃァ狼だって森から出て来らァ」

決定稿
儀作「腹がへりゃ、熊だって山ア降りるだ……」(シーン6)

第4章　創造の軌跡Ⅰ—『隠し砦の三悪人』をめぐって

黒澤の作品歴の中でも痛快な娯楽篇『隠し砦の三悪人』（1958年）の脚本は、菊島隆三の第1案を膨らませるかたちで、黒澤、菊島、小國英雄、橋本忍の4名が旅館に長期間泊まり込んで書かれた。全体を通した「たたき台」を作らずに、各脚本家が同時に各シーンを執筆する「いきなり決定稿」方式で作られたが、そのスリリングな生成過程を紹介する。なお、展覧会では草稿と決定稿の関連（48-53ページ）を、デジタル展示システムを用いて紹介した。

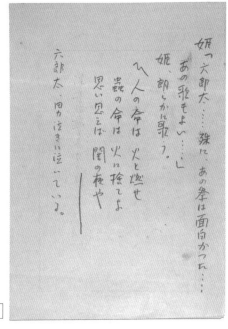

黒澤明

菊島隆三

橋本忍

小國英雄

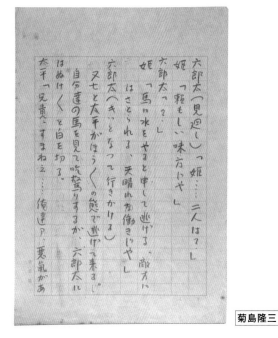

38
「隠し砦の三悪人」草稿（1958年）
Manuscript of *Kakushi toride no san akunin / The Hidden Fortress* (1958)

国立映画アーカイブ所蔵　Collection of NFAJ

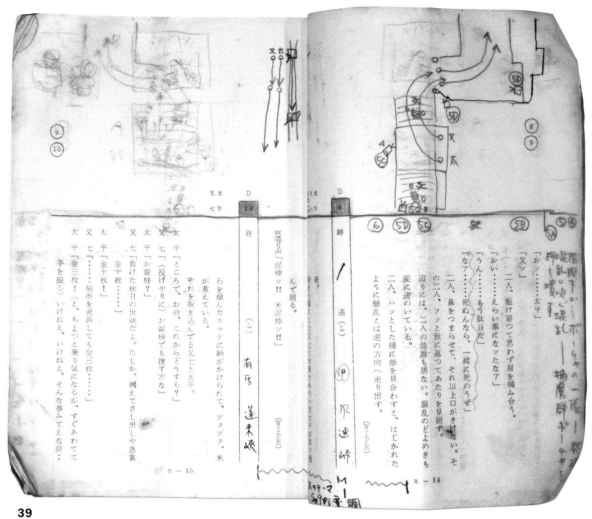

39

「隠し砦の三悪人」撮影台本（1958年）
Final script of *Kakushi toride no san akunin / The Hidden Fortress* (1958)

本作で助監督を務めた松江陽一の旧蔵台本。シーンのコンテが詳細に書き込まれているページも多い。

吉原純氏所蔵
Owned by Jun Yoshihara

菊島隆三 きくしまりゅうぞう（1914.1.28〜1989.3.18）

1914年山梨県生まれ。本名は菊嶋隆蔵。1947年、八住利雄の紹介で東宝撮影所の脚本部に入社。1949年にフリーとなり、黒澤に抜擢されて共同執筆した『野良犬』で脚本家デビュー。以降、黒澤とは『醜聞 スキャンダル』『蜘蛛巣城』『隠し砦の三悪人』『悪い奴ほどよく眠る』『用心棒』『椿三十郎』『天国と地獄』『赤ひげ』を共同執筆し、計9作品に参画した。また黒澤プロダクション発足後は取締役として作品プロデュースも務めた。菊島の脚本執筆スタイルは「ハコ書き」重視派で、構成に多くの時間を割き、「骨組みががっしりしていないと弱い作品しか生まれない」と述べ、特にアクション映画でその手腕は大いに発揮された。他に『男ありて』（1955年、丸山誠治監督）、『女が階段を上る時』（1960年、成瀬巳喜男監督）、『日本の熱い日々 謀殺・下山事件』（1981年、熊井啓監督）など多数の脚本を執筆し、計95本が映画化された。著書に『菊島隆三シナリオ選集』（1984年、サンレニティ）などがある。晩年は日本大学芸術学部で後進の指導にあたった。1989年死去、満75歳没。没後の1998年には、優れた脚本に授与する「菊島隆三賞」が創立された。

『隠し砦の三悪人』草稿分析

1998年9月13日の報道で、同年9月6日に亡くなった黒澤が監督した『隠し砦の三悪人』(1958年)と『どん底』(1957年)の草稿が、静岡県の旅館に残されていることが明らかとなった。

黒澤、菊島隆三、小國英雄、橋本忍の4人は、脚本執筆の際に旅館にこもって脚本の推敲を行った。右図に示すように、4人の座る位置は決まっており、書き上げた草稿を「黒澤→菊島→小國→橋本」の順にまわして推敲を重ねたといわれている。

下の表において、草稿全379枚を決定稿の各シーンにあてはめた。緑色で表記したものは決定稿の複数シーンが記載された草稿である。

なお、発見された草稿は2008年10月21日に橋本忍によって筆跡鑑定が行われ、AKを黒澤明、RKを菊島隆三、Oを小國英雄、Hを橋本忍としてその結果が全草稿に書き加えられた。また、草稿に記載された数字は発見時につけられた通し番号で、記述された順序とは無関係である。

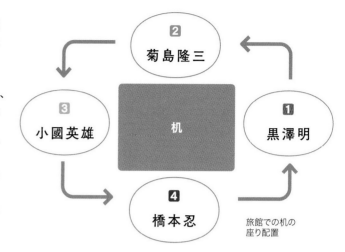

旅館での机の座り配置

シーン番号／シーン名		記述者	草稿
1 道	❶	黒澤明	AK120 AK123 AK122
	❷	菊島隆三	RK280 RK294 RK119 RK251
2 峠道	❶	黒澤明	AK136
	❷	菊島隆三	RK179 RK180
3 町	❹	橋本忍	H292
4 国境抜け道	❷	菊島隆三	RK42 RK43
5 尾根	❷	菊島隆三	RK43
6 秋月の城・焼跡	❷	菊島隆三	RK163 RK164 RK165 RK44
	❹	橋本忍	H357 H318 H354 H335 H337 H38 H356 H341 H339 H35
7 本丸跡	❷	菊島隆三	RK41(?)
8 城内広場			
9 畦道	❷	菊島隆三	RK242
10 谷			
11 沢の上流			
12 沢			
13 涸沢			
14 沢			
15 沢の分岐点	❶	黒澤明	AK176
16 沢			
17 谷			
18 涸沢の奥	❷	菊島隆三	RK13 RK14 RK15
19 頂上			
20 見降した山の斜面			
21 頂上			
22 その俯瞰			
23 頂上			
24 隠し砦	❹	橋本忍	H278
25 小屋			
26 抜け穴出口			
27 泉	❷	菊島隆三	RK143 RK185
	❹	橋本忍	H21 H71
28 隠し砦	❶	黒澤明	AK132 AK104 AK103
	❷	菊島隆三	RK167 RK169
29 隠し砦	❶	黒澤明	AK131 AK73 AK174 AK129 AK175 AK194 AK130 AK173
	❷	菊島隆三	RK141 RK142 RK178 RK166 RK290
	❸	小國英雄	O187

シーン番号／シーン名		記述者	草稿
30 泉	❷	菊島隆三	RK134 RK195
31 森	❶	黒澤明	RK→AK118 AK116
	❷	菊島隆三	RK108 RK112 RK114 RK149 RK11
	❹	橋本忍	H22 H23 H24 H27 H26 H28 H25 H29
32 隠し砦	❶	黒澤明	AK58 AK172
	❷	菊島隆三	RK170 RK168 RK171
	❸	小國英雄	O1 O10 O2 O3 O4 O320 O322 O324 O321 O323 O241
33 泉のほとり			
34 森			
35 洞窟の中	❶	黒澤明	AK72
	❸	小國英雄	O186
36 洞窟の奥	❷	菊島隆三	RK279 RK277 RK291 RK293 RK271 RK273 RK272 RK289
	❸	小國英雄	O186 O262 O263 O264 O265 O266 O267
37 岩山	❷	菊島隆三	RK252
	❸	小國英雄	O267
38 隠し砦	❷	菊島隆三	RK315
39 泉のほとり	❷	菊島隆三	RK316
40 森	❷	菊島隆三	RK316
41 洞窟の表			
42 洞窟の中	❶	黒澤明	AK99 AK219 AK288 AK244 AK275 AK245
	❷	菊島隆三	RK274 RK203 RK310 RK311 RK312 RK313
	❸	小國英雄	O284 O285 O286 O287
	❹	橋本忍	H52 H50 H254
43 隠し砦			
44 涸沢へ下る斜面	❶	黒澤明	AK191
	❷	菊島隆三	RK332 RK325 RK326
45 泉のほとり	❶	黒澤明	AK192 AK89
	❷	菊島隆三	RK327 RK328 RK329 RK330
46 山道A	❶	黒澤明	AK90 AK91 AK92 AK188 AK189 AK190
	❷	菊島隆三	RK314 RK110
47 山道B			
48 砦の山	❶	黒澤明	AK220
49 山道B	❶	黒澤明	AK220

シーン番号／シーン名	記述者	草稿
50 山裾	❶ 黒澤明	AK93 AK94 AK95 AK96 AK221
	❷ 菊島隆三	RK39
	❸ 小國英雄	O139
	❹ 橋本忍	H59 H60 H61 H62 H63 H64
51 河岸A	❷ 菊島隆三	RK39
	❹ 橋本忍	H65
52 河岸B	❶ 黒澤明	AK177
	❷ 菊島隆三	RK40
	❹ 橋本忍	H66 H67 H68
53 河岸A	❶ 黒澤明	AK222
	❹ 橋本忍	H69
54 河岸B	❶ 黒澤明	AK222 AK223
	❹ 橋本忍	H69 H70 H80
55 山裾	❶ 黒澤明	AK224 AK225 AK226 AK193
	❷ 菊島隆三	RK140
	❹ 橋本忍	H80 H81 H82 H83 H84
56 山道B	❶ 黒澤明	AK226 AK227 AK229
	❹ 橋本忍	H85 H86 H87 H88
57 林の中	❶ 黒澤明	AK228
	❷ 菊島隆三	RK333
	❸ 小國英雄	O352
58 橋のたもと関所	❶ 黒澤明	AK305 AK137 AK307 AK308 AK304 AK351 AK306 AK300 AK302 AK210 O→AK145 AK117
	❷ 菊島隆三	RK109 RK107 RK150 RK151 RK115 RK111 RK113
	❸ 小國英雄	O347 O243 O346 O345 O344 O343 O342 O367 O368 O366 O365 O348 O349 O350 O146 O147 O148 O319 O268 O138
	❹ 橋本忍	H372 H373 H374 H375 H376 H377 H378 H379 H380
59 城下町	❸ 小國英雄	O234 O235
	❹ 橋本忍	H17 H18 H77
60 木賃宿の中	❶ 黒澤明	AK309
	❸ 小國英雄	O236
	❹ 橋本忍	H16
61 同・表	❶ 黒澤明	AK213
	❸ 小國英雄	O236 O269
62 同・中	❶ 黒澤明	AK213 AK214 AK102
	❷ 菊島隆三	RK5 RK8 RK9 RK202
	❸ 小國英雄	O269 O237 O238 O239
	❹ 橋本忍	H76 H19 H20
63 同・表	❷ 菊島隆三	RK6
64 同・裏	❶ 黒澤明	AK101 AK100 AK127
	❷ 菊島隆三	RK7
65 街道A	❶ 黒澤明	AK362 AK363 AK208
	❷ 菊島隆三	RK183 RK184 RK12
	❹ 橋本忍	H359 H360 H361
66 街道B	❷ 菊島隆三	RK199
67 街道C	❷ 菊島隆三	RK199
68 番所近く	❶ 黒澤明	AK123 AK124 AK125 AK126 AK128
	❷ 菊島隆三	RK200
	❹ 橋本忍	H364 H331
69 村の道	❶ 黒澤明	AK218
	❷ 菊島隆三	RK201
70 雨にけぶっている山		

シーン番号／シーン名	記述者	草稿
71 崖の下	❹ 橋本忍	H253 H56 H49 H51 H53 H54 H55
72 山道	❹ 橋本忍	H57
73 崖の下	❶ 黒澤明	AK159 AK161 AK160 AK162
	❷ 菊島隆三	RK144 RK153 RK154
74 山道	❷ 菊島隆三	RK154 RK152
75 灌木の茂み	❷ 菊島隆三	RK155 RK156
76 里近い道	❶ 黒澤明	AK303
77 山道	❶ 黒澤明	AK301 AK211
	❷ 菊島隆三	RK157 RK158
78 崖の下	❶ 黒澤明	AK299
79 神社境内	❶ 黒澤明	AK204 AK205 AK206 AK207 AK209
80 神社の境内	❹ 橋本忍	H97 H98
81 山裾の道		
82 国境の山裾	❶ 黒澤明	AK78 AK79
83 山の木立の中	❹ 橋本忍	H212
84 神社の境内	❶ 黒澤明	AK74 AK75
85 山裾近く		
86 もとの山裾	❷ 菊島隆三	RK45
87 灌木の傾斜	❷ 菊島隆三	RK46
88 崖下	❷ 菊島隆三	RK48
89 谷川	❶ 黒澤明	AK133
	❷ 菊島隆三	RK48
90 中腹の窪地	❶ 黒澤明	AK215 AK216 AK217 AK133 AK105 AK106 AK135
	❷ 菊島隆三	RK196 RK197 RK198
91 山肌の岩蔭	❷ 菊島隆三	RK182 RK181 RK47
92 窪地	❷ 菊島隆三	RK182
93 山の上		
94 関所	❶ 黒澤明	AK246
	❷ 菊島隆三	RK281
	❸ 小國英雄	O249
95 牢の中	❶ 黒澤明	AK276 AK261
	❷ 菊島隆三	RK281 RK282 RK283 RK298
	❸ 小國英雄	O248 O369 O250 O270 O296
96 牢の外	❸ 小國英雄	O258
97 関所	❷ 菊島隆三	RK259 RK260 RK297
	❸ 小國英雄	O370 O258 O256 O257 O255
98 峠道	❶ 黒澤明	AK295
	❸ 小國英雄	O371
99 川原	❸ 小國英雄	O371 O247 O240 O232 O230 O231 O233
	❹ 橋本忍	H358 H317 H30 H336 H338 H340 H353
100 早川城内・牢の中	❹ 橋本忍	H34
101 城内・館	❹ 橋本忍	H34 H31 H32 H33 H36 H37
102 大手門	❹ 橋本忍	H334 H355

表の中で「シーン番号」と「シーン名」に色をつけたものについては、草稿と決定稿の関連を別途分析し、草稿相関図(48-53ページ)にまとめている。

凡例

▶ AK：黒澤明　RK：菊島隆三　O：小國英雄　H：橋本忍
　発見された草稿に、橋本忍による筆跡鑑定結果を書き加えたもの
▶ "O(AK)" のように括弧書きを併記している場合は、研究チームによる分析の結果
　「OではなくAK」とするほうが妥当であると判断したものを意味する
▶ 数字は草稿発見時につけられた通し番号で、記述された順序とは無関係である
▶ 相関図上部に記載した文言は決定稿から該当箇所を抜粋したものである
▶ 各草稿に記載した文言は草稿の該当箇所を抜粋したものである

　――――――▶　同一記述者の文書としてつながりが認められるもの
　‥‥‥‥‥▶　記述文書間で影響しているとみられる文書の関係
　‥‥‥‥‥▶　物語のつながりが、記述者をまたがってつながる場合の関係
　[　　　]　決定稿に採用されたと推定できるものを黄色で表示

シーン 36　洞窟の奥

そこは十畳程にひらけている。

六郎太「小冬めが御役に立ちました」

姫「(激しく) 小冬は……小冬は何としたのじゃ」

姫「小冬も十六……妾も十六……命に何のかわりがあろうぞ!!」

姫「(前略)妹を殺して涙一つ流さぬ……その忠義顔!　……厭じゃ!!(後略)」

老女「……姫様にも困り果てます(後略)」

老女「(前略)六郎太殿をその事でお責めになる……余りと申せば余りです」

六郎太「(ポツンと言う)姫こそいけにえです!!」

RK279
六郎太「小冬めは、姫様の身代わりに立ちました……」

RK 277
姫「小冬も十六なら私も十六……人の命にわけへだてのあろう筈はないものを……」

RK 291
老女「六郎太殿……姫様はそなたたちの志が……」

RK 289
老女「姫様には困り果てます……いえ……みな……大殿がお悪いのです」

RK 272
老女「妹御をいけにえにした六郎太殿の心中を察せず……あの様な……」

RK 293
老女「姫様こそいけにえじゃ……秋月のお家再興の礎石に立つ……その苦しさは……」

RK 271
老女「姫様には困り果てます、いえ、みな、大殿がお悪いのです」

RK 273
老女「余りと申せば余りです」

O(RK) 265
老女「御自身では涙一つ流さず、しかも、六郎太殿をその事でお責めなさる……」

O 186
岩屋の奥。そこは十畳程にひらけている。

O 262
六郎太「小冬めが御役に立ちました」

O 263
姫「小冬は……小冬は何としたのじゃ」

O 264
姫「小冬も十六……妾も十六……命に何のかわりがあろうぞ」

O 266
姫「その忠義顔!　厭じゃ厭じゃ厭じゃ!!」

O 267
六郎太「姫様こそ……秋月再興の……いけにえです」

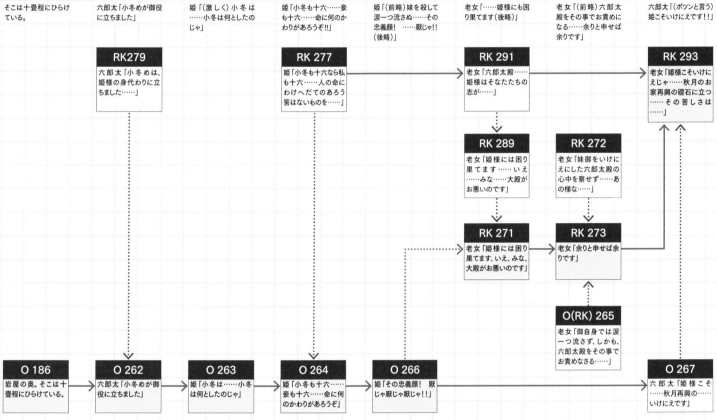

菊島隆三

小國英雄

隠し砦の三悪人

黒澤明

橋本忍

シーン36 洞窟の奥

拡大　次　8/64　前　シーン選択　TOP

追手から逃れるため妹の小冬が自身の身代わりになったことを知り、その悲しさと悔しさを六郎太(三船敏郎)にぶつけるシーン。
姫(上原美佐)の激しい気性と置かれた境遇の辛さを観客に伝えるこのシーンは、小國英雄と菊島隆三がまとめ上げた。

老人「(その扮装を裏切る立派な古武士の面構えで)……ウーム(中略)山名の裏をかく敵中突破とは考えたのう」

六郎太「……返答次第では斬り捨てようと問い詰めた折、苦しまぎれに山名領を通って早川方へ抜けると申したのに、思わず膝を打ちました……」

老人「コケの一心、軍略を生む、か(後略)」

老人「うむ……軍用金は、その策でよい……しかし、姫は……姫にかけ代えはないでのう」

六郎太「姫は啞で通していただきます」

姫「久方振りに馬を責めた……爺!(後略)」

六郎太「左様……しかし、とても啞の真似はなりますまい」

姫「よいよい! ……この度だけは、その方の手に乗ろう(後略)」

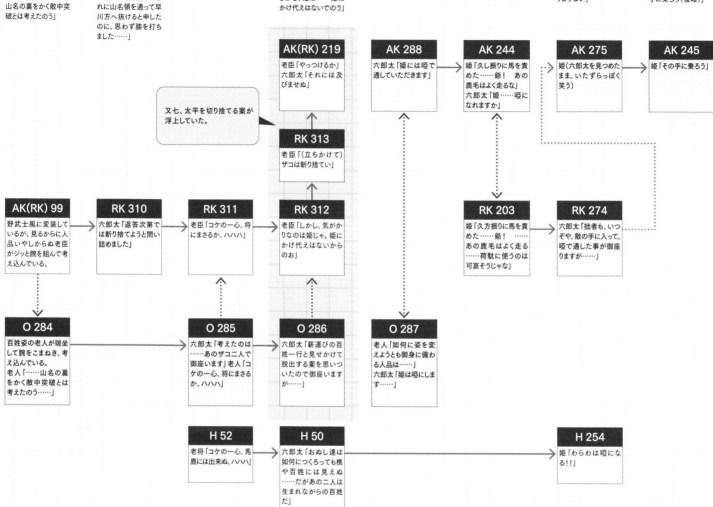

AK(RK) 219
老臣「やっつけるか」
六郎太「それには及びませぬ」

AK 288
六郎太「姫には啞で通していただきます」

AK 244
姫「久し振りに馬を責めた……爺! あの鹿毛はよく走るな」
六郎太「姫……啞になれますか」

AK 275
姫(六郎太を見つめたまま、いたずらっぽく笑う)

AK 245
姫「その手に乗ろう」

又七、太平を切り捨てる案が浮上していた。

RK 313
老臣「(立ちかけて)ザコは斬り捨てい」

AK(RK) 99
野武士風に変装しているが、見るからに人品いやしからぬ老臣がジッと腕を組んで考え込んでいる。

RK 310
六郎太「返答次第では斬り捨てようと問い詰めました」

RK 311
老臣「コケの一心、将にまさるか、ハハハ」

RK 312
老臣「しかし、気がかりなのは姫じゃ。姫にかけ代えはないからのお」

RK 203
姫「久方振りに馬を責めた……爺! あの鹿毛はよく走る……荷駄に使うのは可哀そうじゃな」

RK 274
六郎太「拙者も、いつぞや、敵の手に入って、啞で通した事が御座りますが……」

O 284
百姓姿の老人が端坐して腕をこまねき、考え込んでいる。
老人「……山名の裏をかく敵中突破とは考えたのう……」

O 285
六郎太「考えたのは……あのザコ二人で御座います」 老人「コケの一心、将にまさるか、ハハハ」

O 286
六郎太「薪運びの百姓一行と見せかけて脱出する案を思いついたので御座いますが……」

O 287
老人「如何に姿を変えようとも御身に備わる人品は……」
六郎太「姫は啞にします……」

H 52
老将「コケの一心、馬鹿には出来ぬ、ハハハ」

H 50
六郎太「おぬし達は如何につくろっても樵や百姓には見えぬ……だがあの二人は生まれながらの百姓だ」

H 254
姫「わらわは啞になる!!」

敵中を突破するための方策を議論するシーン。
又七(藤原釜足)、太平(千秋実)を切り捨てるという衝撃的な案が考えられていた。

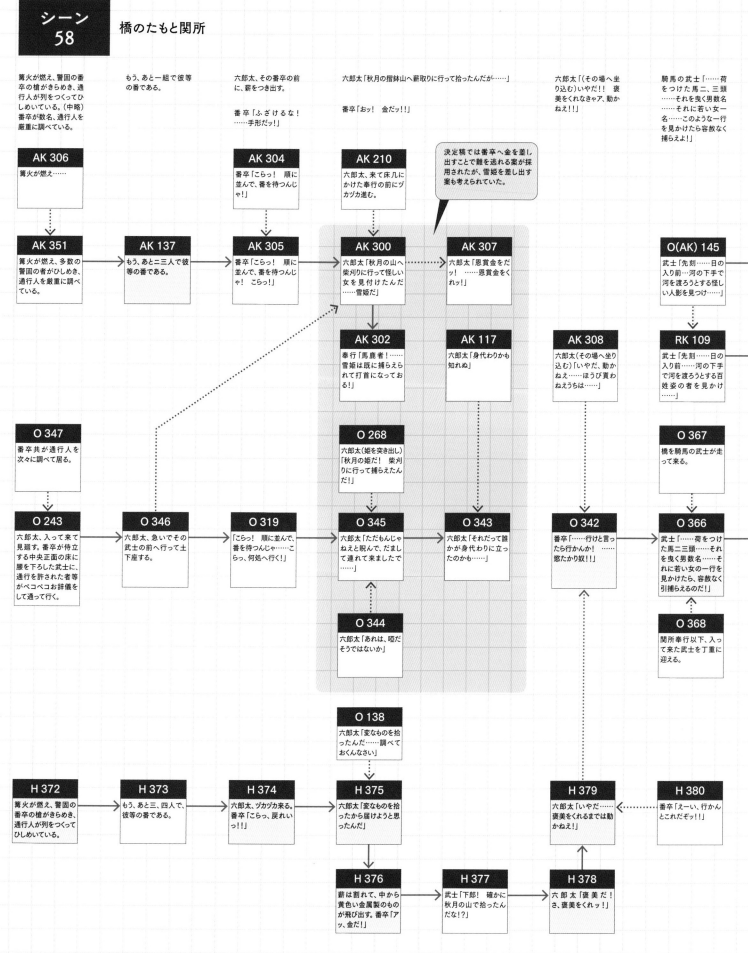

篝火が燃え、警固の番卒の槍がきらめき、通行人が列をつくってひしめいている。（中略）番卒が数名、通行人を厳重に調べている。

もう、あと一組で彼等の番である。

六郎太、その番卒の前に、薪をつき出す。
番卒「ふざけるな！……手形だっ！」

六郎太「秋月の摺鉢山へ薪取りに行って拾ったんだが……」
番卒「おッ！ 金だッ！！」

六郎太「（その場へ坐り込む）いやだ！！ 褒美をくれなきゃア、動かねえ！！」

騎馬の武士「……荷をつけた馬二、三頭……それを曳く男数名……それに若い女一名……このような一行を見かけたら容赦なく捕らえよ！」

AK 306
篝火が燃え……

AK 304
番卒「こらっ！ 順に並んで、番を待つんじゃ！」

AK 210
六郎太、来て床几にかけた奉行の前にヅカヅカ進む。

決定稿では番卒へ金を差し出すことで難を逃れる案が採用されたが、雪姫を差し出す案も考えられていた。

AK 351
篝火が燃え、多数の警固の者がひしめき、通行人を厳重に調べている。

AK 137
もう、あと二三人で彼等の番である。

AK 305
番卒「こらっ！ 順に並んで、番を待つんじゃ！ こらっ！」

AK 300
六郎太「秋月の山へ柴刈りに行って怪しい女を見付けたんだ……雪姫だ」

AK 307
六郎太「恩賞金をだッ！ ……恩賞金をくれッ！」

O(AK) 145
武士「先刻……日の入り前…河の下手で河を渡ろうとする怪しい人影を見付け……」

AK 302
奉行「馬鹿者！……雪姫は既に捕らえられて打首になっておる！」

AK 117
六郎太「身代わりかも知れぬ」

AK 308
六郎太（その場へ坐り込む）「いやだ、動かねえ……ほうび貰わねえうちは……」

RK 109
武士「先刻……日の入り前……河の下手で河を渡ろうとする百姓姿の者を見かけ……」

O 347
番卒共が通行人を次々に調べて居る。

O 268
六郎太（姫を突き出し）「秋月の姫だ！ 柴刈りに行って捕えたんだ！」

O 367
橋を騎馬の武士が走って来る。

O 243
六郎太、入って来て見廻る。番卒が侍立する中央正面の床に腰を下ろした武士に、通行を許された者等がペコペコお辞儀をして通って行く。

O 346
六郎太、急いでその武士の前へ行って土下座する。

O 319
「こらっ！ 順に並んで、番を待つんじゃ……こらっ、何処へ行く！」

O 345
六郎太「ただもんじゃねえと睨んで、だまして連れて来ましたで……」

O 343
六郎太「それだって誰かが身代わりに立ったのかも……」

O 342
番卒「……行けと言ったら行かんか！ ……慾たかり奴！！」

O 366
武士「……荷をつけた馬二三頭……それを曳く男数名……それに若い女の一行を見かけたら、容赦なく引捕らえるのだ！」

O 344
六郎太「あれは、唖だそうではないか」

O 368
関所奉行以下、入って来た武士を丁重に迎える。

O 138
六郎太「変なものを拾ったんだ……調べておくんなさい」

H 372
篝火が燃え、警固の番卒の槍がきらめき、通行人が列をつくってひしめいている。

H 373
もう、あと三、四人で、彼等の番である。

H 374
六郎太、ヅカヅカ来る。番卒「こらっ、戻れいっ！！」

H 375
六郎太「変なものを拾ったから届けようと思ったんだ」

H 379
六郎太「いやだ……褒美をくれるまでは動かねえ！」

H 380
番卒「えーい、行かんとこれだぞっ！！」

H 376
薪は割れて、中から黄色い金属製のものが飛び出す。番卒「アッ、金だ！」

H 377
武士「下郎！ 確かに秋月の山で拾ったんだな！？」

H 378
六郎太「褒美だ！ さ、褒美をくれッ！」

騎馬の武士「先刻、対岸の山に煙の上るのを見たであろう?」　　武士「あれは、秋月の隠し砦じゃ……今日、我等の手で見出した所（後略）」　　騎馬の武士「……砦には軍用金を掘り出したと思われる穴があり（後略）」　　騎馬の武士「……よいか……手をゆるめるな（後略）」　　茫然たる奉行。

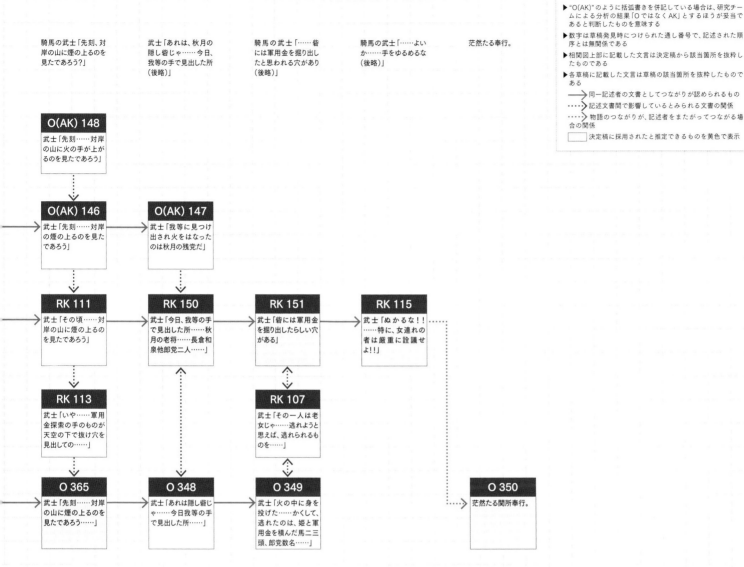

凡例

▶ AK：黒澤明　RK：菊島隆三　O：小國英雄　H：橋本忍
発見された草稿に、橋本忍による筆跡鑑定結果を書き加えたもの
▶ "O(AK)"のように括弧書きを併記している場合は、研究チームによる分析の結果「OではなくAK」とするほうが妥当であると判断したものを意味する
▶ 数字は草稿発見時につけられた通し番号で、記述された順序とは無関係である
▶ 相関図上部に記載した文言は決定稿から該当箇所を抜粋したものである
▶ 各草稿に記載した文言は草稿の該当箇所を抜粋したものである
　───▶ 同一記述者の文書としてつながりが認められるもの
　----▶ 記述文書間で影響しているとみられる文書の関係
　‥‥▶ 物語のつながりが、記述者をまたがってつながる場合の関係
　□　決定稿に採用されたと推定できるものを黄色で表示

O(AK) 148
武士「先刻……対岸の山に火の手が上がるのを見たであろう」

O(AK) 146
武士「先刻……対岸の煙の上るのを見たであろう」

O(AK) 147
武士「我等に見つけ出され火をはなったのは秋月の残党だ」

RK 111
武士「その頃……対岸の山に煙の上るのを見たであろう」

RK 150
武士「今日、我等の手で見出した所……秋月の老将……長倉和泉他郎党二人……」

RK 151
武士「砦には軍用金を掘り出したらしい穴がある」

RK 115
武士「ぬかるな!!……特に、女連れの者は厳重に詮議せよ!!」

RK 113
武士「いや……軍用金探索の手のものが天空の下で抜け穴を見出しての……」

RK 107
武士「その一人は老女じゃ……逃れようと思えば、逃れられるものを……」

O 365
武士「先刻……対岸の山に煙の上るのを見たであろう……」

O 348
武士「あれは隠し砦じゃ……今日我等の手で見出した所……」

O 349
武士「火の中に身を投げた……かくして、逃れたのは、姫と軍用金を積んだ馬二三頭、郎党数名……」

O 350
茫然たる関所奉行。

薪に隠していた金をあえて出すことで番卒の目をくらませ、関所を通過するシーン。
金を出すという案は橋本忍によるもので、これを受けて小國英雄が続きをまとめ上げていった。

シーン 62　同・中

人買い「チョッ！　気の利かねぇ女だな……言われねぇでも、すすぎの水ぐれえ持って来い」

人買い「銀五枚だ……ゆずってもいいぜ」

バクチの男「(前略)それよ……その後に立ってるの……いくらだ？」

バクチの男「なんでえ、そいつァ、手前の品物じゃねえのか」

人買い「(見る)」
又七「そいつァ、啞だぜ！」

侍「(見廻し)表につないだ馬の持主は誰だッ？」

侍「その方の馬か？」
六郎太「(うなずく)」
侍「あの鹿毛、拙者にゆずらんか？」

六郎太「(困る)しかし……荷物が……」

侍「あの馬、荷駄には惜しい……かわりに駄馬を買うがよい……それ銀五枚(後略)」

AK 214
人買い「……すすぎの水ぐれえ持って来い」

AK 102
人買い(見る)「啞?」

RK 202
人買い「チョッ！　気のきかねえ女だな……言われねえでも、すすぎの水ぐれえ持って来い」

RK 5
侍「表につないだ馬の持主はおるか」

RK 8
侍「その方の馬か？」
侍「荷駄には惜しい馬じゃ」

RK 9
侍「それなら駄馬で沢山じゃ、それ、銀五枚」

O 237
人買い「銀五枚だ……どうだ、買わねえか……半値にしとくぜ」

O 238
バクチの男「よし、買おう……しかし、そいつじゃねぇ……その後に立ってる方だ！」

O 239
バクチの男「なんでえ、そいつァ、お前の品物じゃねえのかい」

H 76
親爺(あたりを憚った低い声で)「馬小舎に薪置いてるのはお前さん……」

H 19
親爺「あれを一把、分けて貰えんかと思ってな」

H 20
太平、いきなり飛び上がり、人々の体を蹴飛ばして、入口から飛び出す。

シーン62 木賃宿・中
橋本氏はこの時、宿の親爺が外の薪を分けてくれと言う話の展開を提案している。

拡大　次　53/64　前　シーン選択　TOP

シーン62 木賃宿・中

拡大　次　54/64　前　シーン選択　TOP

関所を無事に通過した六郎太一行が、立ち寄った敵陣の木賃宿で、人買い(上田吉二郎)には姫を買うと言われ、侍(大橋史典)には馬を譲れと言われるシーン。
橋本忍によって、宿の親爺に金を隠した薪をゆずってくれと言われる案も考えられていた。

シーン 95　牢の中

太綱にがんじがらめに縛られた六郎太、同じく細びきで容赦なく縛られた姫と娘。

近づいて来る田所兵衛──これが、あの闊達な田所兵衛とは思われない。

六郎太「どうした、兵衛……その顔の傷は？」

六郎太「（その兵衛を見つめ）おぬし、人が変ったのう」

兵衛「勝負に勝って相手の首を落さぬのは情と見えて、これ程むごい仕打ちは無いぞ……見ろ！！……この俺を！！（後略）」

姫「また、家来も家来なら、主も主じゃ……敵を取り逃がしたいって、その者を満座の中で罵り打つ（後略）」

姫「違うぞ、六郎太！姫は楽しかった！」

姫「六郎太……殊に、あの祭は面白かった……あの歌もよい！」

O 369
六郎太「貴公……人が変ったのう」

O 250
田所「貴公を打ち損じて逃げ……しかも、生き残ったこの俺は……見ろ！！」

AK 276
姫「敵を取り逃がしたと云って、そのものを満座の中で罵り打つ……」
六郎太「姫の身に堪え難い、これまでの苦難も甲斐なく……」

O 270
姫「違うぞ！六郎太……姫は楽しかった」

AK 261
姫「六郎太……殊に、あの祭は面白かった……あの歌もよい……」

RK 281
太綱にがんじがらめに縛られた六郎太。

RK 282
これが、あの闊達な田所兵衛とは思われない。

RK 283
六郎太「どうした、田所……その顔の傷は？」

RK 298
六郎太「貴公……人が変ったのう」

O 248
この前とは別人の如く、陰気な暗い人柄になっているのが目につく。

O 296
姫の身に堪え難いこれまでの苦難も甲斐なく

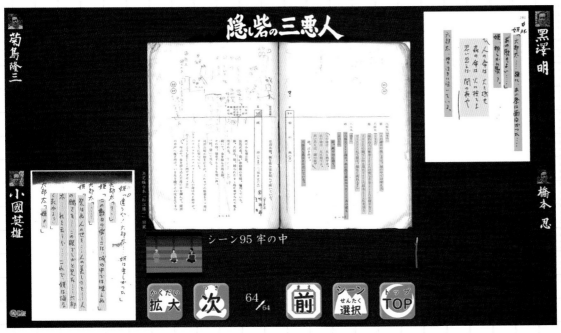

シーン95 牢の中

敵に捕らえられ、死を覚悟した姫と六郎太の前に敵の侍大将・田所兵衛（藤田進）が現れる。クライマックス直前の重要なこのシーンは、黒澤と小國英雄が中心となってまとめ上げた。

53

40
『隠し砦の三悪人』ポスター（1958年）
Poster for *Kakushi toride no san akunin / The Hidden Fortress* (1958)

槙田寿文氏所蔵
Collection of Toshifumi Makita

41
『隠し砦の三悪人』初版ポスター
（1958年）
Poster for *Kakushi toride no san akunin / The Hidden Fortress*, first printing
(1958)

槙田寿文氏所蔵
Collection of Toshifumi Makita

42
『隠し砦の三悪人』プログラム（1958年）
Program of *Kakushi toride no san akunin / The Hidden Fortress* (1958)

槙田寿文氏所蔵
Collection of Toshifumi Makita

43
『隠し砦の三悪人』
真壁六郎太ブロンズ像（1958年）
Bronze statue of Makabe Rokurota (1958)

三船敏郎扮する真壁六郎太のブロンズ像。優秀な興行成績を
挙げた東宝系の劇場を表彰するために作られた。

槙田寿文氏所蔵
Collection of Toshifumi Makita

46
「東宝グラフ」1958年12月号（1958年）
Toho Graph, December, 1958

槙田寿文氏所蔵
Collection of Toshifumi Makita

45
『隠し砦の三悪人』
雪姫スタジオスナップ集（1958年）
Studio snapshots of Yuki Hime (1958)

上原美佐扮する雪姫のイメージ資料として、スタジオで撮影されたスナップ写真。劇中とはまった
く異なるメイキャップの写真があったり、写真の上からボールペンで書き込まれているものがあった
りと、試行錯誤を経てキャラクターが創り出されていく様子が見て取れる。

吉原純氏所蔵
Owned by Jun Yoshihara

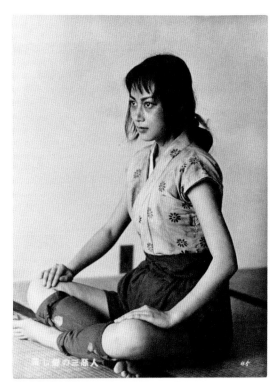

第 5 章

創造の軌跡 II─改訂の過程をたどる

力強く太い流れを感じさせる黒澤映画の世界は、脚本の水準でどのように造形され
ていったのか。『酔いどれ天使』(1948年)、『生きる』(1952年)、『悪い奴ほどよく眠る』
(1960年)、『天国と地獄』(1963年)といった名作群の生成過程、特に黒澤による決
定稿の追加改訂への粘りと創造力に焦点を当てる。

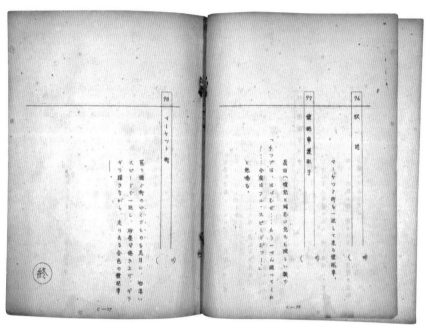

47
「酔いどれ天使」初稿(1948年)
First draft of *Yoidore tenshi* / *Drunken Angel* (1948)

三船敏郎演じる松村(完成版の"松永"とは異なる)と山本礼三郎演じる岡田が相討ちとなったあと、
眞田(志村喬)、美代(中北千枝子)、ぎん(千石規子)を乗せた松村の霊柩車が岡田の告別式会場
前を通り過ぎるというエンディングは、決定稿とまったく異なっている。
霊柩車はクラクションを鳴らしながら会場の前をゆっくりと過ぎるが、眞田が突如「チップは、はづ
むぜ……もう一ぺん廻ってくれ!……今度はフル・スピードだっ!」と怒鳴る。ラストカットは「物凄
いスピードで一巡し、ギラギラ輝きながら、走り去る金色の霊柩車」となっている。

槇田寿文氏所蔵
Collection of Toshifumi Makita

48
「酔いどれ天使」改訂稿(1948年)
Revised draft of *Yoidore tenshi* / *Drunken Angel* (1948)

初稿の霊柩車のくだりに代わって眞田とぎんの会話が入り、さらに初稿では1シーンのみだっ
た少女(久我美子)が再び登場し、元気になったら食べさせてもらうと約束していたあんみつ
を眞田にねだるというラストになっている。CIE(民間情報教育局)による検閲の影響を最低限
に抑えるため、結核に打ち勝とうとする少女の道徳的なエピソードを最後に据えたと思われる。

槇田寿文氏所蔵
Collection of Toshifumi Makita

50
『酔いどれ天使』プレスシート（1948年）
Press material of *Yoidore tenshi / Drunken Angel* (1948)

槙田寿文氏所蔵
Collection of Toshifumi Makita

51
『酔いどれ天使』プログラム（1948年）
Program of *Yoidore tenshi / Drunken Angel* (1948)

槙田寿文氏所蔵
Collection of Toshifumi Makita

53
「近代映画」1948年3月号
「『酔いどれ天使』人物クロッキイ」（1948年）
"*Yoidore tenshi* Jinbutsu Croquis,"
Kindai Eiga, March, 1948

国立映画アーカイブ所蔵
Collection of NFAJ

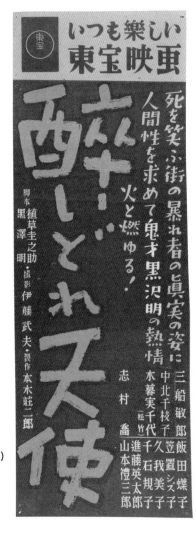

66
『酔いどれ天使』ポスター（1948年）
Poster of *Yoidore tenshi /
Drunken Angel* (1948)

槙田寿文氏所蔵
Collection of Toshifumi Makita

植草圭之助 うえくさけいのすけ（1910.3.5〜1993.12.19）

1910年東京府生まれ。本名は銈之助。黒澤とは黒田小学校時代からの旧友でロシア文学などの良き話相手だった。京華商業高等学校を中退後、菊池寛主宰の脚本研究会に入り、戯曲を執筆しはじめる。P.C.L.映画製作所に入社した黒澤が山本嘉次郎監督の『藤十郎の恋』（1938年）で助監督を務めていた際、植草は本作にエキストラ出演しており、二人は撮影所で再会する。1941年に執筆した「佐宗医院」五幕が文学座で上演。その後は映画脚本家に転じ、1942年に『母の地図』（島津保次郎監督）でデビュー。黒澤作品では『素晴らしき日曜日』を単独執筆、『酔いどれ天使』を共同執筆し、計2作品に参画した。なお、『白痴』も共同執筆する予定であったが、病気のために降板した。他に『今ひとたびの』（1947年、五所平之助監督）、『風ふたゝび』（1952年、豊田四郎監督）、『森と湖のまつり』（1958年、内田吐夢監督）など計25本の脚本が映画化された。小説も執筆し、1973年には『冬の花 悠子』で第70回直木賞候補となった。著書に、黒澤との長年に渡る交流を描いた『けれど夜明けに——わが青春の黒沢明』（1978年、文藝春秋）などがある。1993年死去、満83歳没。

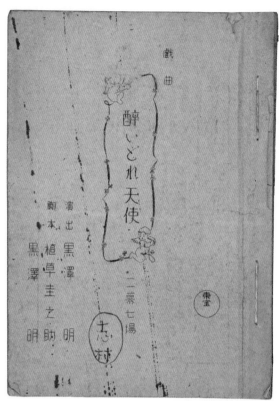

49
「酔いどれ天使」舞台版脚本（1948年）
Script of the staged version of *Yoidore tenshi /
Drunken Angel* (1948)

舞台版でも出演者の一人であった志村喬の旧蔵品。

国立映画アーカイブ所蔵（志村喬コレクション）
Takashi Shimura Collection of NFAJ

52
『酔いどれ天使』
舞台版プログラム（1948年）
Program of staged version *Yoidore tenshi /
Drunken Angel* (1948)

映画公開後、東宝争議のさなかにあった組合員たちを支援する目的で『酔いどれ天使』は1948年に舞台化された。プログラムには、黒澤が『酔いどれ天使』の脚本を提供するだけでなく、アントン・チェーホフ原作の戯曲『結婚の申込み』（1888年）の演出も務めていることが書かれている。

槙田寿文氏所蔵
Collection of Toshifumi Makita

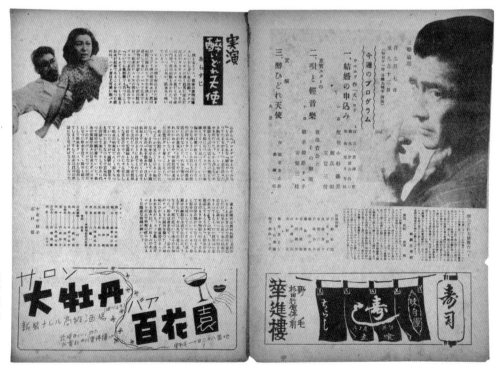

54
「罪なき罰」（1948年）
Script of *Tsumi naki batsu* (1948)

のちに『静かなる決闘』と改題して1949年に公開された。

国立映画アーカイブ所蔵
Collection of NFAJ

55
「泥だらけの星座」（1950年）
Script of *Dorodarake no seiza* (1950)

題名が公開題と異なる、『醜聞 スキャンダル』（1950年）の手書き脚本。黒澤と菊島隆三によって共同執筆された。決定稿との主な違いは、主人公の蛭田（志村喬）が発する「……しかし、来年こそ……あの綺麗な眼で見られても恥ずかしくない人間になるぞ……」（決定稿シーン71）という劇中の重要な台詞がない点である。

国立映画アーカイブ所蔵
Collection of NFAJ

67
『醜聞 スキャンダル』ポスター（1950年）
Poster of *Scandal* (1950)

谷田部信和氏所蔵
Collection of Nobukazu Yatabe

『生きる』 準備稿と決定稿の比較

本展に出品されている『生きる』の脚本は準備稿と決定稿である。準備稿は1952年2月5日完成、決定稿は3月14日の撮影開始前に完成した。準備稿より決定稿への改訂は、黒澤が単独で手腕を発揮した。

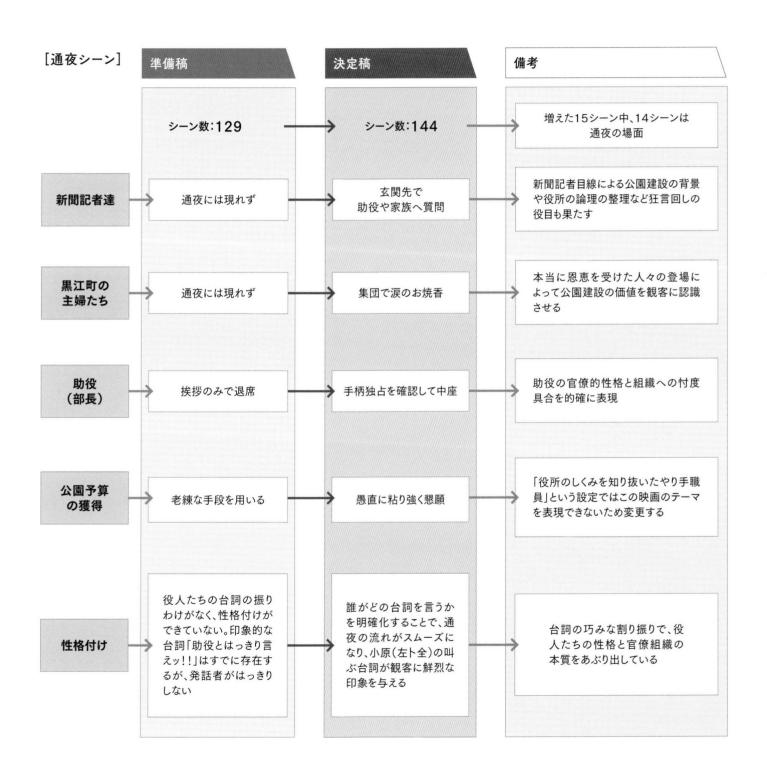

[通夜シーン]

	準備稿	決定稿	備考
	シーン数：129	シーン数：144	増えた15シーン中、14シーンは通夜の場面
新聞記者達	通夜には現れず	玄関先で助役や家族へ質問	新聞記者目線による公園建設の背景や役所の論理の整理など狂言回しの役目も果たす
黒江町の主婦たち	通夜には現れず	集団で涙のお焼香	本当に恩恵を受けた人々の登場によって公園建設の価値を観客に認識させる
助役（部長）	挨拶のみで退席	手柄独占を確認して中座	助役の官僚的性格と組織への忖度具合を的確に表現
公園予算の獲得	老練な手段を用いる	愚直に粘り強く懇願	「役所のしくみを知り抜いたやり手職員」という設定ではこの映画のテーマを表現できないため変更する
性格付け	役人たちの台詞の振りわけがなく、性格付けができていない。印象的な台詞「助役とはっきり言えッ！！」はすでに存在するが、発話者がはっきりしない	誰がどの台詞を言うかを明確化することで、通夜の流れがスムーズになり、小原（左卜全）の叫ぶ台詞が観客に鮮烈な印象を与える	台詞の巧みな割り振りで、役人たちの性格と官僚組織の本質をあぶり出している

56
「生きる」準備稿（1952年）
Draft of *Ikiru* (1952)

キャメラマンの中井朝一が使用した台本。準備稿の段階では、有名な通夜の場面には台詞が割り振られていない。

槇田寿文氏所蔵
Collection of Toshifumi Makita

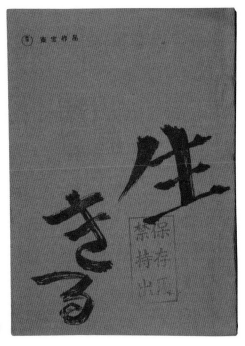

57
「生きる」決定稿（1952年）
Final draft of *Ikiru* (1952)

小國英雄旧蔵の決定稿。

槇田寿文氏所蔵
Collection of Toshifumi Makita

69
『生きる』初版地方版ポスター（1952年）
Poster of *Ikiru*, First Printing, Local version (1952)

谷田部信和氏所蔵
Collection of Nobukazu Yatabe

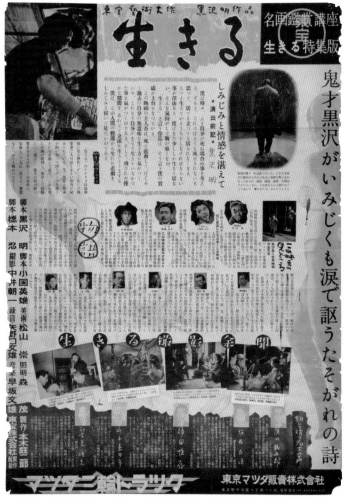

68
『生きる』ポスター（1952年）
Poster of *Ikiru* (1952)

槇田寿文氏所蔵
Collection of Toshifumi Makita

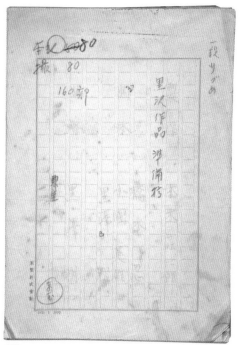
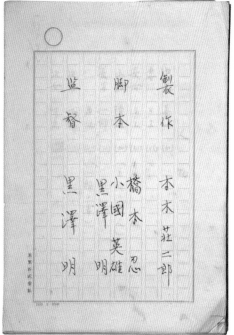
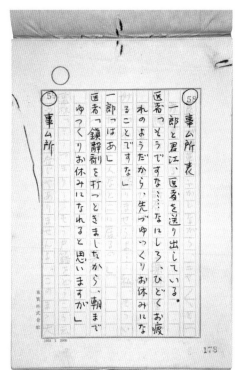

58
「生きものの記録」生原稿（1955年）
Manuscript of *Ikimono no kiroku / I Live in Fear* (1955)

1954年3月の第五福竜丸事件を受けて、黒澤が作曲家の早坂文雄と交わした会話から着想を得て、1955年に公開された作品。『生きる』や『七人の侍』と同じく、小國英雄・橋本忍との共同執筆が行われた。企画段階では「死の灰」という題名が付けられていたが、最終的にいくつかの候補の中から「生きものの記録」が選ばれた。この直筆原稿は表紙が空白になっており、題名決定前に書かれたものと推定される。なお、国立映画アーカイブの常設展「日本映画の歴史」において、本作の題名選考案文書が展示されている。

国立映画アーカイブ所蔵（本木荘二郎コレクション）
Sojiro Motoki Collection of NFAJ

72
『生きものの記録』先行版ポスター（1955年）
Teaser poster of *Ikimono no kiroku / I Live in Fear* (1955)

槇田寿文氏所蔵
Collection of Toshifumi Makita

59
「どんづまり」（1956年）
Script of *Donzumari* (1956)

マクシム・ゴーリキーの戯曲『どん底』（1902年）を江戸時代の長屋に置き換えた翻案作品。黒澤と小國英雄が共同で脚本を書き上げた。完成した映画は原作と同じ題名に改められ、1957年に公開された。

国立映画アーカイブ所蔵
Collection of NFAJ

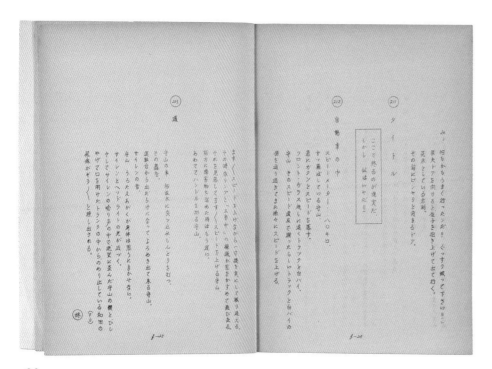

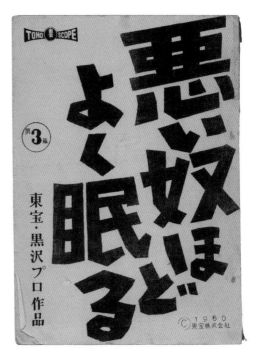

60
「悪い奴ほどよく眠る」検討稿（1960年）
Draft of *Warui yatsu hodo yoku nemuru / The Bad Sleep Well* (1960)

黒澤、久板栄二郎、菊島隆三、橋本忍、小國英雄の共作。黒澤作品で最大となる5人体制による共作。執筆作業が難航した脚本であった。

早稲田大学坪内博士記念演劇博物館所蔵
Collection of The Tsubouchi Memorial Theatre Museum, Waseda Univ.

61
「悪い奴ほどよく眠る」決定稿（1960年）
Final draft of *Warui yatsu hodo yoku nemuru / The Bad Sleep Well* (1960)

槙田寿文氏所蔵
Collection of Toshifumi Makita

62
『悪い奴ほどよく眠る』便箋（1960年）
Letter pad of *Warui yatsu hodo yoku nemuru / The Bad Sleep Well* (1960)

映画の公開を記念して作成されたノベルティグッズ。

国立映画アーカイブ所蔵
Collection of NFAJ

『悪い奴ほどよく眠る』 検討稿と決定稿の比較

本展で展示されている『悪い奴ほどよく眠る』の脚本は検討稿と決定稿である。
検討稿は1959年9月に完成、決定稿は同年12月の撮影開始前に完成した。検討稿と決定稿は、シーン数
と内容が下図のように異なる。

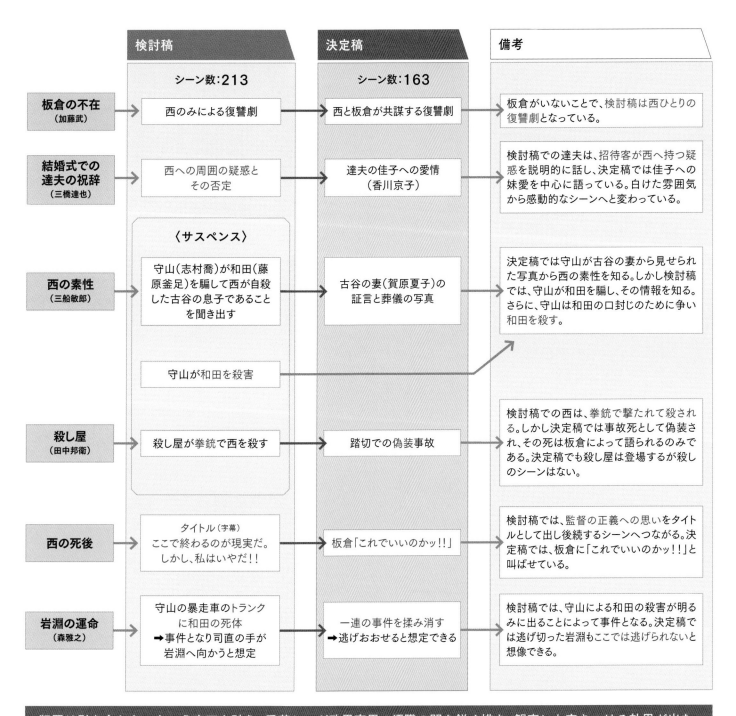

検討稿	決定稿	備考
シーン数:213	シーン数:163	

板倉の不在（加藤武）
- 検討稿: 西のみによる復讐劇
- 決定稿: 西と板倉が共謀する復讐劇
- 備考: 板倉がいないことで、検討稿は西ひとりの復讐劇となっている。

結婚式での達夫の祝辞（三橋達也）
- 検討稿: 西への周囲の疑惑とその否定
- 決定稿: 達夫の佳子への愛情（香川京子）
- 備考: 検討稿での達夫は、招待客が西へ持つ疑惑を説明的に話し、決定稿では佳子への妹愛を中心に語っている。白けた雰囲気から感動的なシーンへと変わっている。

西の素性（三船敏郎）
〈サスペンス〉
- 検討稿: 守山（志村喬）が和田（藤原釜足）を騙して西が自殺した古谷の息子であることを聞き出す／守山が和田を殺害
- 決定稿: 古谷の妻（賀原夏子）の証言と葬儀の写真
- 備考: 決定稿では守山が古谷の妻から見せられた写真から西の素性を知る。しかし検討稿では、守山が和田を騙し、その情報を知る。さらに、守山は和田の口封じのために争い和田を殺す。

殺し屋（田中邦衛）
- 検討稿: 殺し屋が拳銃で西を殺す
- 決定稿: 踏切での偽装事故
- 備考: 検討稿での西は、拳銃で撃たれて殺される。しかし決定稿では事故死として偽装され、その死は板倉によって語られるのみである。決定稿でも殺し屋は登場するが殺しのシーンはない。

西の死後
- 検討稿: タイトル（字幕）ここで終わるのが現実だ。しかし、私はいやだ!!
- 決定稿: 板倉「これでいいのかッ!!」
- 備考: 検討稿では、監督の正義への思いをタイトルとして出し後続するシーンへつながる。決定稿では、板倉に「これでいいのかッ!!」と叫ばせている。

岩淵の運命（森雅之）
- 検討稿: 守山の暴走車のトランクに和田の死体 ➡ 事件となり司直の手が岩淵へ向かうと想定
- 決定稿: 一連の事件を揉み消す ➡ 逃げおおせると想定できる
- 備考: 検討稿では、守山による和田の殺害が明るみに出ることによって事件となる。決定稿では逃げ切った岩淵もここでは逃げられないと想像できる。

犯罪は引き合わないという定石を破り、重苦しいが政界官界の汚職の闇を鋭く描き、観客にも突きつける効果が出た。

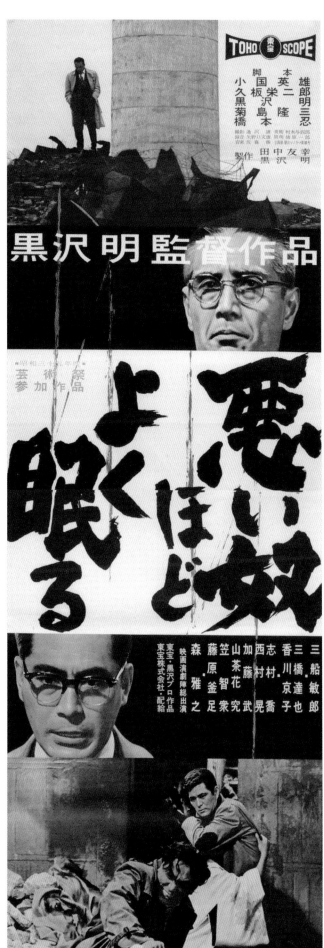

71
『悪い奴ほどよく眠る』ポスター（1960年）
Poster of *Warui yatsu hodo yoku nemuru
/ The Bad Sleep Well* (1960)

槙田寿文氏所蔵
Collection of Toshifumi Makita

70
『天国と地獄』スピード版ポスター（1963年）
Poster of *Tengoku to jigoku / High and Low* (1963)

槙田寿文氏所蔵
Collection of Toshifumi Makita

『天国と地獄』差し込み台本と貼り込みページの効果

『天国と地獄』の脚本は準備稿から決定稿、そして撮影中の変更（差し込み台本、貼り込みページ）が組み合わさった複雑な形をとっている。『全集 黒澤明　第5巻』（1988年、岩波書店）に掲載されている脚本はそのすべてが反映されたものであり、展示されている決定稿とは一致しない。

63
「天国と地獄」準備稿（1962年）
Draft of *Tengoku to jigoku /
High and Low* (1962)

中井朝一旧蔵台本。

槙田寿文氏所蔵
Collection of Toshifumi Makita

準備稿

横浜の街（夜）
犯人の竹内（山﨑努）が夜の横浜を歩き回り麻薬を買う一連のシーンはシナリオには「ここからはシナリオ形式では書けない」と書かれている

→

決定稿

横浜の街（夜）

準備稿と同じ

→

差し込み台本

横浜の街（夜）
花屋の赤いカーネーション、ショーウィンドウでのライター、根岸家（酒場）、黄金町での麻薬中毒女（富田恵子）の殺害など有名な一連のシーンが書かれている

→

効果

犯人の竹内を中心とする印象深いシークエンス。特筆すべきは、麻薬中毒の女で麻薬の効果を試すという、賛否両論あるシーンである。撮影あるいは撮影準備中の差し込み台本であり、黒澤単独で付け足されたシーンと考えられる

死刑囚独房
竹内「ほう、これが最後の食事ですか、なかなか御馳走だな……」しかし、この芝居はうまくいかず、食器をとる死刑囚の手は、彼の意思を裏切って激しくふるえ、中身をこぼし、隣の食器とふれ合ってみじめな音を立てる

→

死刑囚独房
「犯人は笑顔をつくる。しかし、その笑顔とは裏腹に、その膝はガクガクふるえ、それをおさえようとしている両手もブルブルふるえている」

決定稿にプラス ＋

貼り込みページ

死刑囚独房
竹内「元気そうですね……」
「今、何をしてらっしゃるんです？」
権藤（三船敏郎）「相変わらず靴をつくっているよ」
竹内「（意外そうに眼を上げる）」
権藤「小さな会社だが、それを私にまかせてくれると言う人が居てね……。私は今、それをナショナル・シューズに負けない会社にするつもりで頑張っている」

→

犯人の竹内は準備稿では手がふるえるだけだが、決定稿では膝もガクガクふるえる。そして貼り込みページでは、再起を目指す権藤に「相変わらず靴をつくっているよ」といわれて竹内は敗北感を味わうことになる。このシーンでの黒澤の竹内の追い込み方は徹底している

64
「天国と地獄」差し込み台本（1962年）
Insert script of *Tengoku to jigoku /
High and Low* (1962)

中井朝一旧蔵台本。23ページにわたって横浜の夜の
シークエンスが書かれている（66ページ参照）。

槙田寿文氏所蔵
Collection of Toshifumi Makita

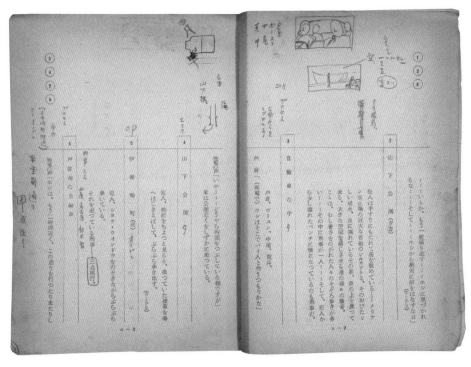

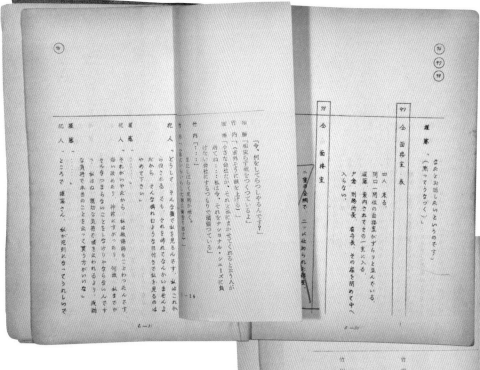

65
「天国と地獄」決定稿（1962年）
Final draft of *Tengoku to jigoku /
High and Low* (1962)

中井朝一旧蔵品。最後の竹内（山﨑努）と権藤（三船敏郎）の
対面シーンに変更された脚本が貼りつけられている（66ペー
ジ参照）。

槙田寿文氏所蔵
Collection of Toshifumi Makita

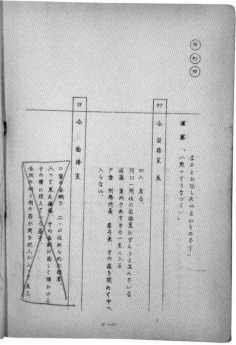

第6章　創造の軌跡III—井手雅人とともに

『赤ひげ』(1965年)以来、後期の黒澤映画に欠かせない存在となった脚本家が井手雅人である。大作『乱』(1985年)や、クレジットされていない『デルス・ウザーラ』(1975年)を含め、国際的な合作映画の製作を志す黒澤を支えた井手の功績を、黒澤との共同作業の様子を伝える貴重な一次資料も含めて明らかにする。

73
「デルスウ・ウザーラ」第1稿
黒澤明直筆原稿（1973年）
Manuscript by Kurosawa: *Dersu Uzala*, First draft (1973)

1973年春、黒澤と井手雅人は北海道層雲峡のホテルで「デルスウ・ウザーラ」（のちに「デルス・ウザーラ」と改題）を執筆。脚本の冒頭に書かれた「前記」からは、自然描写の撮影に対する並々ならぬ決意が感じられるが、実際の撮影は黒澤の思い通りには行かなかった。

二戸真知子氏所蔵
Owned by Machiko Nito

前記

私は脚本が厖大な巻兄長になるのをおそれて、自然の描写を最小限にきりつめて書くか、もしくは全くそれについては書かなかった。

しかし、この脚本を読む人達は、この物語の背景にウスリイ地方の驚異くべき大きく美しい、絶えず荒々しい自然の脅威がある事を忘れないでほしい。

此の脚本が映画になった時、それは存分にほれ込に入れる。

またアルセーニエフの探険の主目的である測量や地図の作製についても、煩瑣になるので此処では省略した。

これも、映画の中では〔適当に見せるつもりである。

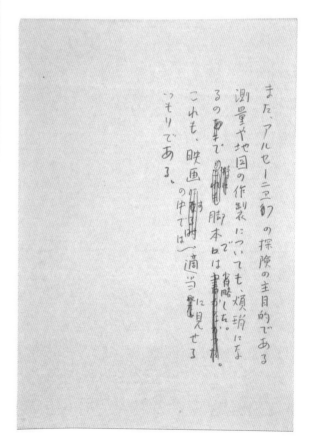

井手雅人 いでまさと(1920.1.1〜1989.7.17)

1920年佐賀県生まれ。師範学校卒業後小学校教員を務め、1948年に新東宝入社。脚本家として『さすらいの旅路』(1951年、中川信夫監督)でデビュー。長谷川伸が主宰する新鷹会に所属して小説も執筆し、1953年には「地の塩」で第30回直木賞候補となる。本作はのちに『消えた中隊』(1955年、三村明監督)として映画化される。1954年に新東宝を退社し、フリーの脚本家として活躍する。黒澤とは『赤ひげ』『影武者』『乱』を共同執筆し、計3作品に参画した。またノンクレジットではあるが『黒き死の仮面』と『デルス・ウザーラ』にも参画した。他に『点と線』(1958年、小林恒夫監督)、『妻は告白する』(1961年、増村保造監督)、『五瓣の椿』(1964年、野村芳太郎監督)など多数の脚本を執筆し、計72本が映画化された。またテレビドラマの脚本も執筆し、1985年から1989年まで日本シナリオ作家協会の常務理事を務めた。著書に『井手雅人 人とシナリオ』(1991年、シナリオ作家協会)などがある。1989年死去、満69歳没。

二戸真知子氏提供

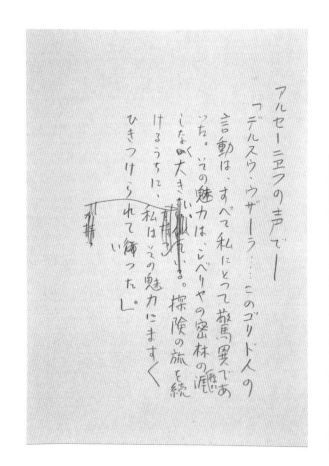

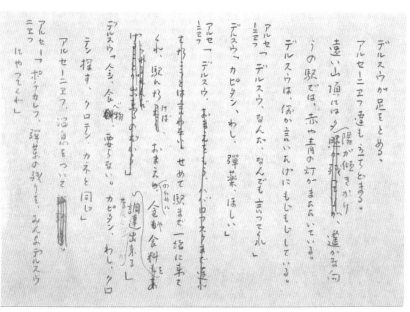

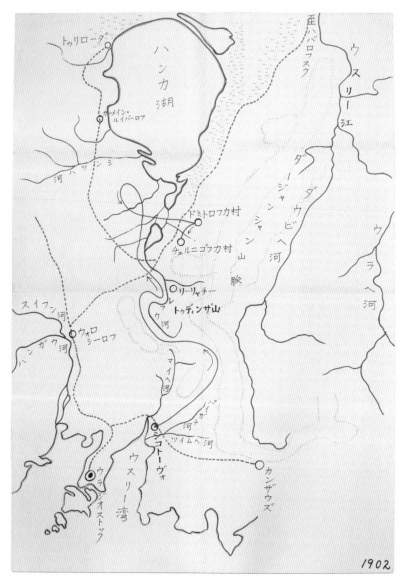

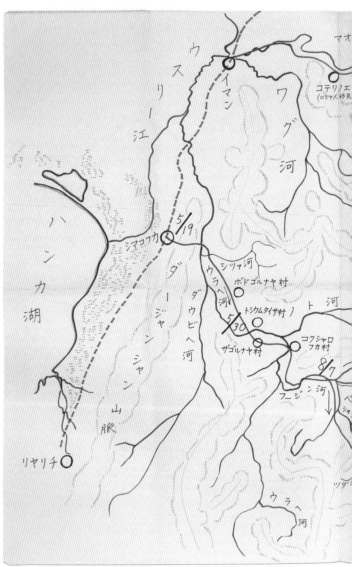

74
「デルスウ・ウザーラ」アルセーニエフ探検要図（1973年）
Arsenyev's exploration maps for *Dersu Uzala* (1973)

井手雅人旧蔵品。『ウスリー探検記』（展示 No. 75）を参考に、井手が1週間かけて
自作したもの。1973年春の初稿執筆時に、この要図をホテルの部屋の壁に貼って
脚本を検討・執筆していた。

二戸真知子氏所蔵
Owned by Machiko Nito

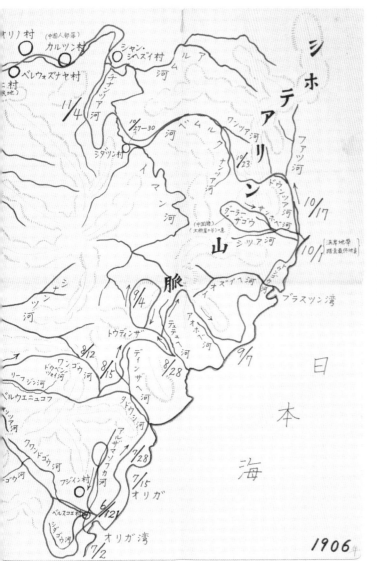

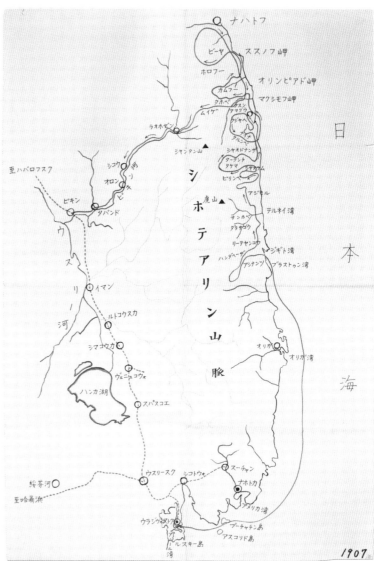

71

『デルスウ・ウザーラ』 第1稿と決定稿の比較

『デルスウ・ウザーラ』の第1稿は、北海道層雲峡にて、黒澤と井手雅人により1973年4月28日に脱稿された。第2稿を経て、決定稿は黒澤とユーリー・ナギービンにより1973年10月26日に脱稿された。赤表紙の決定稿(展示No.77)が撮影台本として使用される。

[第1稿]

第1稿ではウスリー地方の大自然が中心に描かれる。その中でデルスウ(マクシム・ムンズク)とアルセーニエフ一行は自然との闘いに次から次へと直面する。大自然の中で人間は豆粒のように小さな存在だが、デルスウの自然人としての生き方と人間性に共感していくアルセーニエフ(ユーリー・ソローミン)との友情が描かれる。黒澤と井手は映画にしたい部分をすべて書き込んだため、撮影が困難と思われるシーンも多いが、壮大な映画の誕生を感じさせる脚本である。

[第1稿と決定稿の主な相違点]

▶第1稿は3回の探検に対し、決定稿は2回の探検となる。
▶第1稿のシーン数124に対して決定稿のシーン数は101。

決定稿で削除された主なシーン	第1稿・決定稿ともにあるシーン	決定稿で加えられたシーン
▶森林火災のシーン。 ▶猛吹雪のシーン。 ▶氷結の河からの脱出。 ▶大雨による河の氾濫から脱出。	▶猪の群の大暴走。 ▶アルセーニエフがデルスウを猪と間違って射つ。 *1	▶彗星に騒ぐ。 　デルスウ、彗星に動ぜず。 *1 ▶金、毛皮、女を盗む匪賊の蛮行。 *2

＊1は撮影されたが編集で削除　＊2は本編で採用

[決定稿]

決定稿では、第1稿で描かれた自然をスペクタクルとして扱うシーンの多くが削除された。結果として、自然人としてのデルスウの人間性、アルセーニエフとの友情、隊員を含めてデルスウを尊敬し信頼してゆく過程が前面に押し出された。

[映画『デルス・ウザーラ』]

第1稿にも決定稿にもなく、映画『デルス・ウザーラ』で新たに追加されたのは以下の3つのシーン。

▶前半の最後でデルスウとアルセーニエフが「キャピターン!」「デルスーウ!」と呼び合い別れるシーン
▶デルスウとアルセーニエフ、そして隊員たちとの記念写真のモンタージュ
▶隊員達が空瓶を撃つ遊びで、デルスウが空瓶を吊るした紐を撃ち落とすシーン

これらのシーンは、デルスウとアルセーニエフや隊員たちの絆を深めるという点で、映画としてさらに深い感慨を与える効果をもたらした。

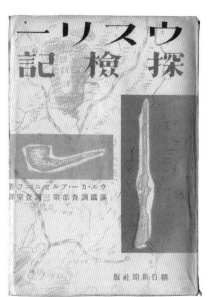

75
ウラディミール・アルセーニエフ
『ウスリー探検記』(1941年、朝日新聞社)
Vladimir Arsenyev, *Across the Ussuri Kray* (1941)

「デルスウ・ウザーラ」の原作本。南満州鉄道内に設置された調査機関である満鉄調査部によってロシア語から翻訳された。ウスリー江は当時の満州国とソ連の国境となる川であり、満鉄調査部は地政学的観点からこの本に関心を寄せていたと推定される。

槙田寿文氏所蔵
Collection of Toshifumi Makita

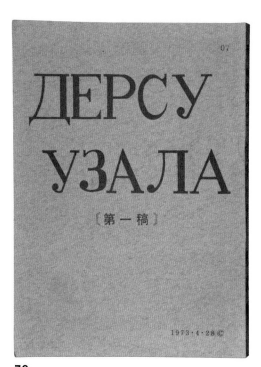

76
「デルスウ・ウザーラ」第1稿(1973年)
First draft of *Dersu Uzala* (1973)

脚本家名がまだ入っていないが、これはソ連側の返答を待っていたためと思われる。

槙田寿文氏所蔵
Collection of Toshifumi Makita

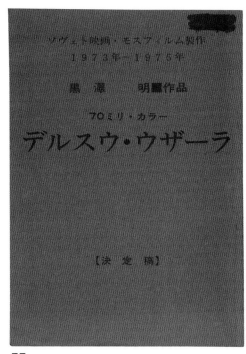

77
「デルスウ・ウザーラ」決定稿(1973年)
Final draft of *Dersu Uzala* (1973)

脚本家のクレジットは黒澤、ユーリー・ナギービンとなっているが、当時の井手雅人は日中文化交流協会の常任理事を務めており、中国とソ連の国境問題にも触れる『デルス・ウザーラ』の脚本家としてはクレジットされなかった。

槙田寿文氏所蔵
Collection of Toshifumi Makita

87
『デルス・ウザーラ』完成時の寄せ書き(1975年)
Collection of Autographs for the Celebration of the Completion of *Dersu Uzala* (1975)

黒澤、松江陽一、ユーリー・ソローミン、マクシム・ムンズクによるサインが書かれた色紙。モスフィルムでの完成時あるいは主演2人のアフレコ終了時に書かれたものと推定される。

吉原純氏所蔵
Owned by Jun Yoshihara

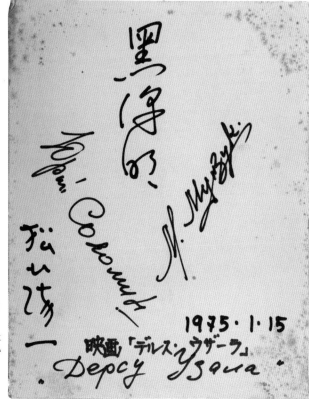

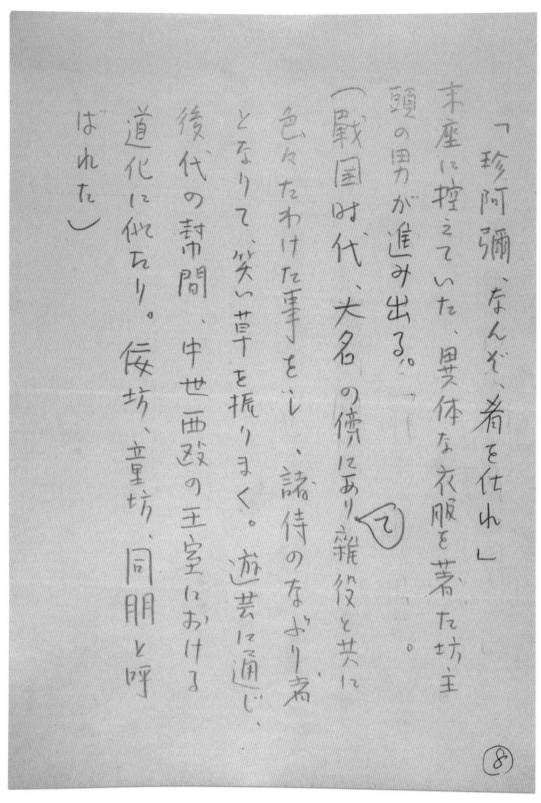

「珍阿彌、なんぞ、肴を仕れ」

末座に控えていた、異体な衣服を着た坊主頭の男が進み出る。

（戦国時代、大名の傍にあり雑役と共に色々たわけた事をし、諸侍のなぐり者となりて、笑い草を振りまく。遊芸に通じ、後代の封間、中世西欧の王室における道化に他ならり。侫坊、童坊、同朋と呼ばれた）

⑧

78
「乱」第1稿 黒澤明直筆原稿（1976年）
Manuscript by Kurosawa: *Ran*, First draft (1976)

1976年に、黒澤の御殿場の別荘で黒澤、小國英雄、井手雅人によって執筆されたもので、黒澤の書いたもう1つの題名案の原稿「鬼も哭け」（麻生嶋俊一氏所蔵）も付して展示する。当初「楓の方（原田美枝子）」は「松の方」であり、「狂阿彌（ピーター）」は「珍阿彌」であったことがわかる。小國と井手の手書き原稿は分量こそ多くないものの、登場人物の心理面についての考察など、シナリオの形成に貢献した痕跡が随所に認められる。

二戸真知子氏、麻生嶋俊一氏所蔵
Owned by Machiko Nito, Shun'ichi Asojima

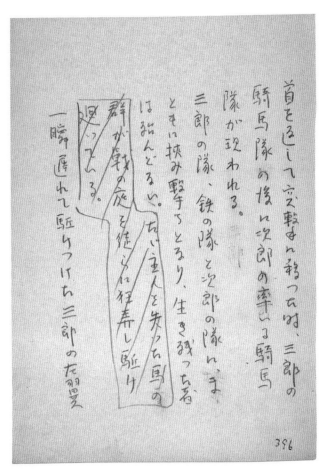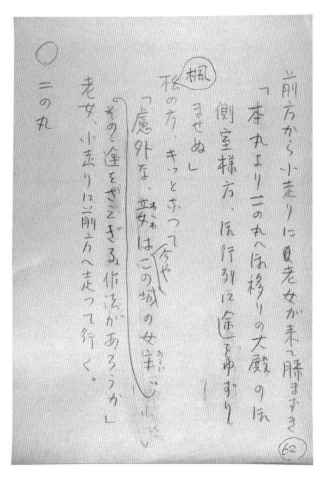

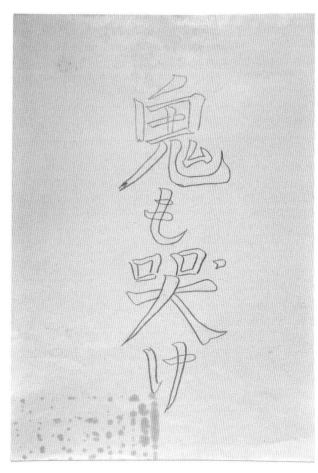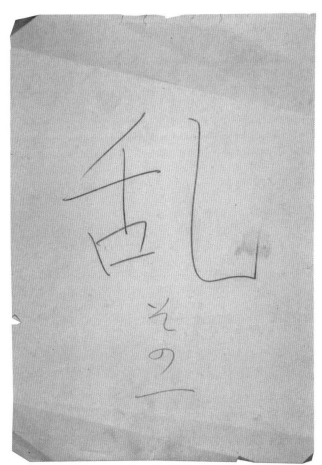

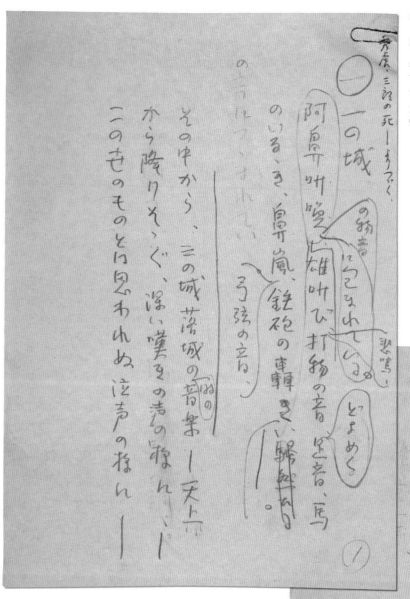

80
「乱」改訂稿 黒澤明直筆原稿(1981年)
Manuscript by Kurosawa: *Ran*, Revised draft (1981)

初稿は三郎(隆大介)の壮烈な戦死とそれに続く秀虎(仲代達矢)の悶絶死で終わっていたが、1981年の改訂では、秀虎と三郎の死(狙撃による死へと変更)に続いて、攻められる一の城の阿鼻叫喚の様子が追加されている。

二戸真知子氏所蔵
Owned by Machiko Nito

1981.6.25.
P.M.03.00

79
「乱」初稿 白版（1976年）
First draft of *Ran*, with white cover (1976)

188シーン、218ページからなる。鉄（井川比佐志）の権謀術数、三郎の壮烈な戦死、狂阿彌の死など、決定稿と比べてよりドラマチックである点が特徴的。

二戸真知子氏所蔵
Owned by Machiko Nito

81
「乱」改訂稿 黒版（1981年）
Revised draft of *Ran*, with black cover (1981)

1981年6月30日に完成した稿で、193シーン、204ページからなる。

二戸真知子氏所蔵
Owned by Machiko Nito

82
「乱」改訂稿 緑版（1982年）
Revised draft of *Ran*, with green cover (1981)

中井朝一旧蔵品。1982年10月27日に完成した稿で、193シーン、176ページからなる。

槇田寿文氏所蔵
Collection of Toshifumi Makita

83
「乱」決定稿 青版（1983年）
Final draft of *Ran*, with blue cover (1983)

中井朝一旧蔵品。1983年12月1日に作成された決定稿で、緑版と同じく193シーン、176ページからなる。

槇田寿文氏所蔵
Collection of Toshifumi Makita

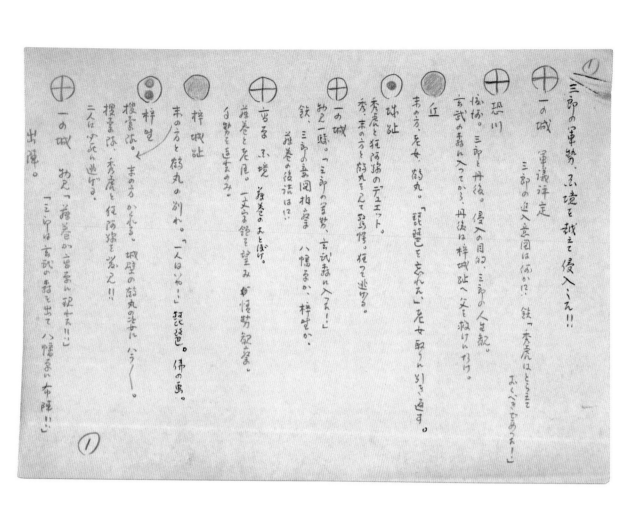

三郎の軍勢、辺境を越えて侵入、ゑ!!

⊕ 一の城　軍議評定
　三郎の進入意図は何か!?　鉄「秀虎はとうさまを
ふくべきであった!」

● 丘
末の方、老女、鶴丸。
玄武の軍が入ってから、丹波は梓城址へ父を救けにゆく。

● 城址
秀虎と狂阿弥のデュエット。
秀、末の方と鶴丸を見て驚愕、狂って逃げる。

⊕ 一の城
物2一瞬。「三郎の軍勢、玄武まに入った!」
秀虎と狂阿弥、老女取られ引き返す。

⊕ 一の城
鉄、三郎の軍隊指令　八幡か、梓址か。

● 宮古 不境
荘巻の語法は?

● 荘巻城址
荘巻と老女。一人ずつ鉄を望み
する勢を追ひ去るのみ。

⊕ 梓址
荘巻のおとぼけ。
まの方　かくる。城壁の鶴丸の泣声に いうー。「一人はいやー!」琵琶。佛の軍。

● 荘巻城址
末の方と鶴丸の別れ。
捜索隊。秀虎と狂阿弥を追え!!
二人は必死に逃げる。

⊕ 一の城
物見「荘巻が玄武の軍を出て八幡へ本陣!!」
出陣。
「三郎は玄武の城を出て八幡へ本陣!!」
出陣。

①

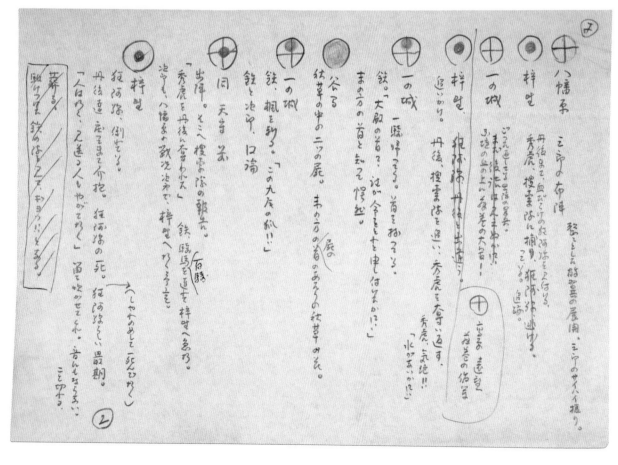

⊕ 八幡系
三郎の布陣　整然とした静かる軍の展開。三郎のサイハイ振り。

⊕ 梓址
⊕ 一の城

⊕ 梓址
追っかかり。
狂阿弥、丹後に出逢う。
丹後、捜索隊を追い、秀虎を奪い返す。

⊕ 一の城
鉄。「一瞬帰せる!?　道を教える。」
まの方の首と知って驚愕。

● 谷る
枯草の中の二ツの屍。末の方の首のあたりの枯草を乱す。

⊕ 一の城
鉄、楓を斬る。「この九度の狐!!」

⊕ 同　天守閣
鉄と池沙、口論
出陣。そこへ捜索隊の報告。
「秀虎を丹後に奪われた」
丹後追い討ち、倒さる。
狂阿弥、倒さる。

⊕ 梓址
狂阿弥、倒さる。
「人はゆく、乙途二人をゆがめてゆく」
「二人死んでくれ。苦んでくれ。」
秀虎、狂阿弥の死。
狂阿弥らしい最期。

②

85
井手雅人「乱」
関連創作メモ（1976年、1981年）
Memorandums by Masato Ide (1976 & 1981)

【1976年初稿用メモ（78ページの図版）】三郎軍が国境を越えて陣を構えたシーン（No. 157）からラストに至る流れを全4枚のメモに整理している。鶴丸（野村武司）が忘れたものが笛でなく琵琶であること（上段第3項「丘」、第7項「梓城跡」）、狂阿彌の死が描かれていること（下段第2項「梓野」、第9項「梓野」）、楓の方が鉄に斬殺されるタイミングが出陣前であること（下段第7項「一の城」）などで決定稿との相違が見られ、初稿段階からの井手の関与が読み取れる。

【1981年改訂版用メモ（79ページの図版）】後半の核になるのは鉄（右図）と楓の方（左図）の本心。鉄は、三の城を追われる秀虎への未練を残す次郎（根津甚八）に対し、いまこそ頭領としての立場を自覚させ、領国の統治に尽力させようと考える（右図、7〜8行目）。一方、一文字家への憎悪と復讐の念を燃やす楓の方は、狐の首で自分を騙し、三の城落城の際に秀虎を生かしたまま放置した鉄への不信を一段と募らせる（左図、4〜9行目）。井手は、この2人の心理をリアルな筆致で記しており、登場人物の丹念な心理描写によって黒澤を支えたことがうかがえる。

二戸真知子氏所蔵
Owned by Machiko Nito

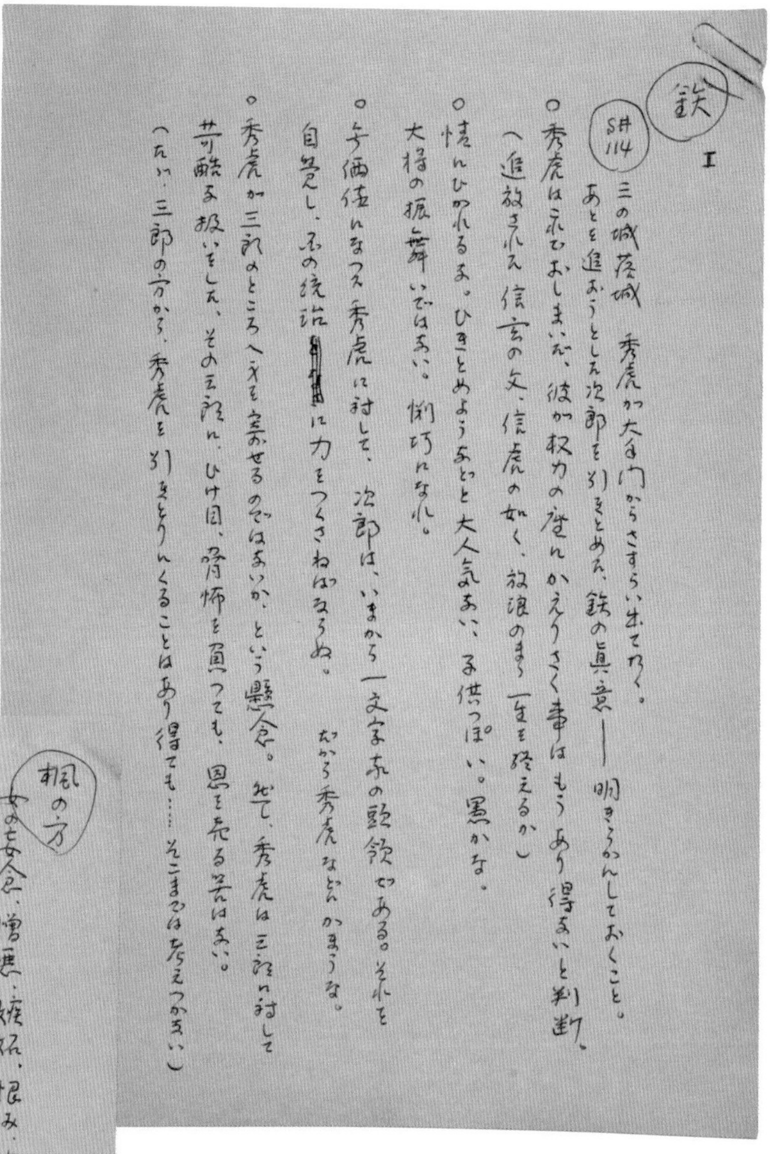

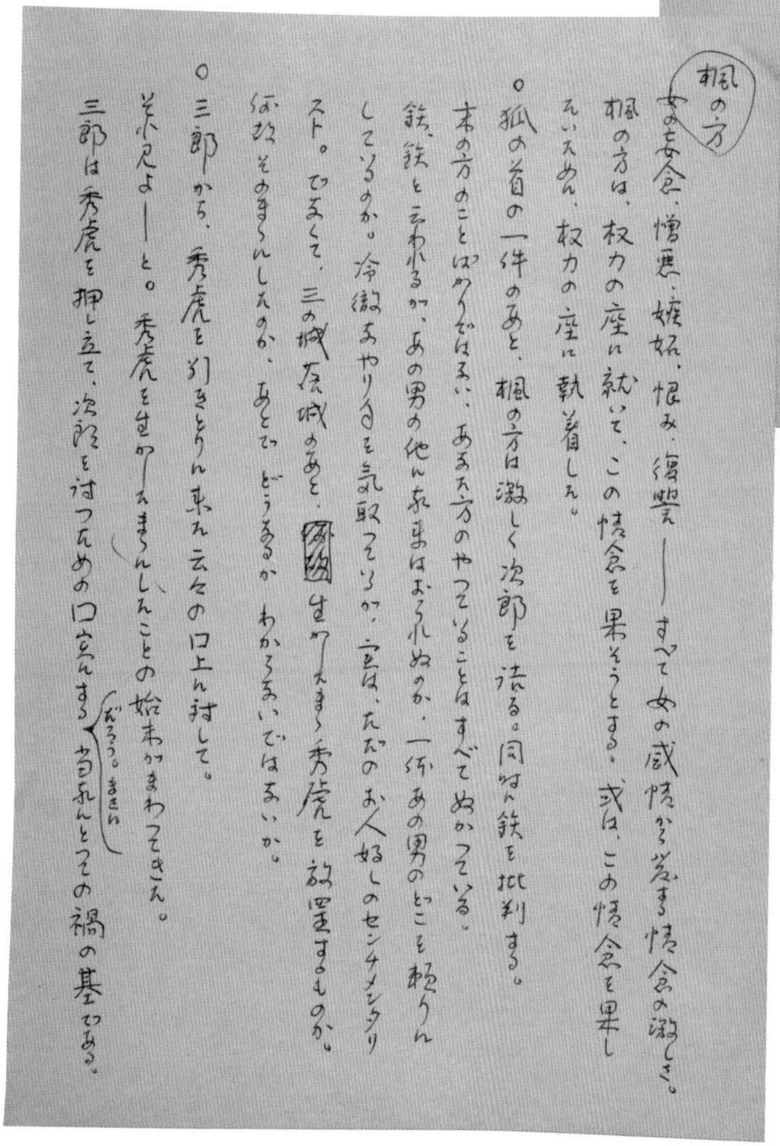

○シナリオの中の劇的状況を、頭の中で漠然と考えこんでいても、役に立たない。

とに角、そこまで「かってみること」だ。考えていては何も出てこない。

どう展開していくのか、とか、何を語らなくてはいけないか、とか、そういう反応は、何も具体的なものを産み出せはしまい。先を読まない。

とに角、そこまで「かってみて」、最も選びついてきた。最も必要な、唯一の
非常にシンプリ、カットあり、芝居あり、具体的に出てくるのである。

これは立派に重要なるである。

（或はもし、その状況を、これにかける以外の考え、或は嘘っていれとしても、そこまで来てみると、全く違った、予期していなかった、思いもつかない展開になるよう
う多ケい）

○右のような創作は、リズムあり、流れあり展開あり、とれについても里沢流
独自の、体含的なものと、切りはなしては考えられない。

映画そのものである。人る里沢がから、発生し、渗み出てくるもので、他の人は、
この作業に、せめて力添えが出来るくらいのことが限界で、里沢がそのものに
なる至い限り、一〇〇%の共力ということは出来まい。

部分ない、局部ない、全く同調し得えるとしても、極めて偶然か、或は覚てつく
るか里沢作品の、全体のイメージから、稀がれ来るようなはかだ。

も、よるる中は出来まい。里沢がの映画感染、共調し共感する努力と
同貫ねん、共作者は、共調し共感する努力と、花火のように鮮烈に打ち出すことを豆
すまるまい、里沢さん共作者を選ぶメリットも、こゝにあるからだ。

◉里を死の仮面

通読して、一種特有の、交響楽のような文、ヴァリエーションの四楽立ての
中から、超人的なある天の飲み子が、さし示されている—そんな印象を受ける。

里沢映画独特の、家庭の濃ゝ画・里沢美学—残酷シーンの表現。

☆ 花室さがある。里沢好の人類に対す。宇宙的な告発。

☆ シナリオ作業中、滝出ると脚本との、法室的な違いを認識させられる。
監督の書くシナリオは、滝出者の责感、法室枚をおうての、自信のある
設定か、小気味よくきまってくる。速いがない。脚本家、ヒトの飲んだを書く
という姿勢に、自ら、あいまいが伴う。

☆ 監督のシナリオは、あらゆるパートへの指示が明確に含まれてる。
キャメラポジション、役者の動き、美術、照明、等々。あいまいやごまかしのあろ
てはならない。

☆ 読んで直ちにして尽せること。台詞の強引くり返しではまるまい。
もし、云わせるるなら、出来るだけ单純に、要约して、短切に云わせる。

☆ 台詞の中に、形容詞を使わないこと。ズバリと言わせること。もってまわった形
客詞がいらん、いえない。

☆ 説明しすぎれば判ろまいようなことは、説明してもわからない。

☆ 常識的な描写を避ける着意が大切。

○里沢作品には、不信、裏切りという展開が多く見られる。
且後襲、詳かろ多い。但人の復襲。

84
井手雅人旧蔵ノート（1975年頃）
Masato Ide's notebook (ca. 1975)

【共作者の矜持（80ページの図版上段）】1975年2月に書きはじめられた
ノートの一部。黒澤の共同脚本家としての強い覚悟と矜持が記され、「影
武者」執筆時の筆と思われる。共作者として選ばれた以上は、期待に応
えるべく黒澤の感覚に共調・共感するだけではなく、自身の個性を鮮明に
打ち出すことが不可欠だと強調している。このノートには、多くの映画鑑
賞記録や、共同脚本に参加した「乱」「黒き死の仮面」「影武者」への所感
が丹念に綴られている。

【脚本家の心構え（80ページの図版下段）】井手が協力して黒澤がまとめた
「黒き死の仮面」の脚本を読んだ際の所感が綴られている。本文5行目以
降に、脚本執筆に臨む演出家と脚本家との決定的な違いを列記している。
黒澤から聞いたことをそのまま書きつけた部分もあると考えられるが、黒
澤の脚本術の本質を見事に抽出している。

【共作日程記録（81ページの図版）】井手が脚本協力した4作品の執筆日
程などの記録。「乱」は決定稿の完成まで7年を費やしており、誕生まで
の紆余曲折が克明に記されている。戦中ソ満国境に駐屯した経験のある
井手は、「デルスウ・ウザーラ」においてもシベリアの自然描写の監修など
で力を貸した。しかし、当時の井手は日中文化交流協会の常任理事を務
めており、中ソ対立下の情勢に配慮したためか、他の3作と異なり、参加
した旨が記されていない点が注目される。

古田求氏所蔵
Owned by Motomu Furuta

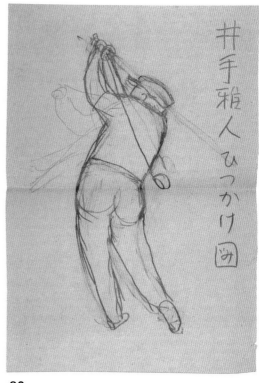

86
黒澤明 描「井手雅人ひっかけ図」（年代不明）
Drawing by Kurosawa: *Ide Masato hikkake zu* (date unknown)

井手雅人と黒澤はゴルフをよく一緒にプレーしており、
この絵は井手のミスショットの瞬間を冷やかして描
いたものと思われる。

二戸真知子氏所蔵
Owned by Machiko Nito

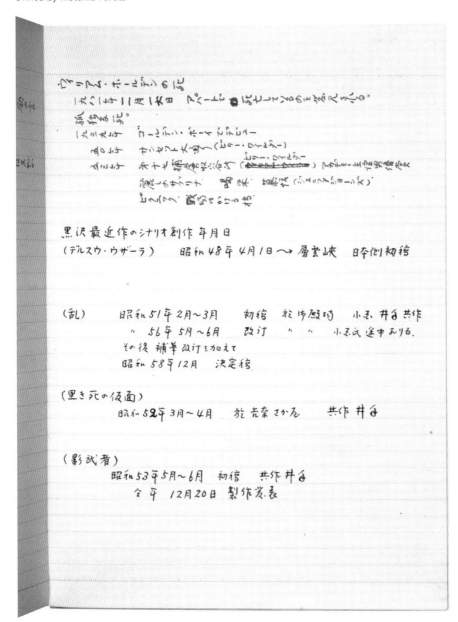

第 7 章

黒澤明が提供した脚本たち

黒澤の功績の中でも比較的光が当たりにくいのが、自身では監督していない執筆
脚本の数々である。東宝での同僚であった谷口千吉、本多猪四郎や堀川弘通のほか、
数々の名監督のために黒澤は自身の脚本を提供している。

黒澤明提供脚本の人物相関図

凡例 表中に青字で書かれた番号は提供脚本リスト(83ページ)に対応するもので、黒澤が脚本を手がけ本人以外が監督することを許諾した作品を示す。
提供脚本リストのうち、完成作品のクレジットに黒澤の名が出てこないものについては、研究チームの調査により黒澤作と推定したものである。
アメリカ映画として企画された『暴走機関車』は提供脚本リストから除外した。

長年にわたり黒澤と交流のあった製作者や監督たちは、黒澤が提供した脚本を数多く映画化した。
自身が映画監督でありながら、他の監督にこれほど多くの脚本を提供した人物は映画史上で数少なく、
黒澤の脚本家としての水準の高さを物語る。

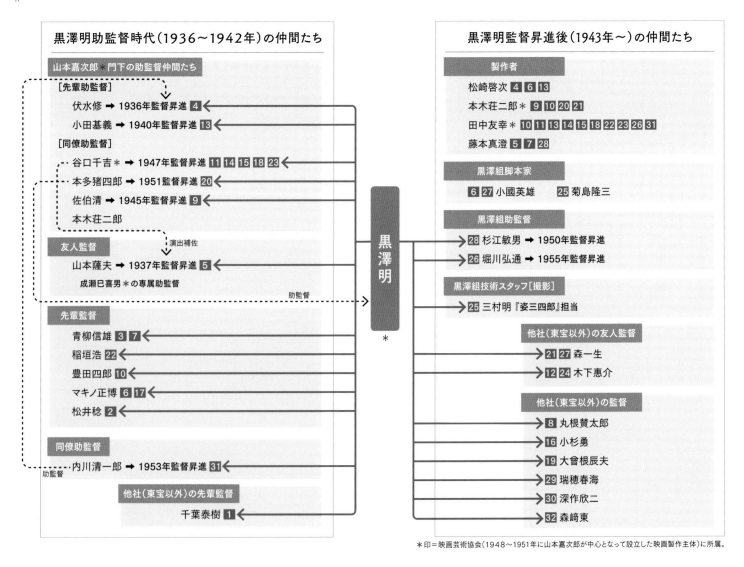

＊印＝映画芸術協会(1948〜1951年に山本嘉次郎が中心となって設立した映画製作主体)に所属。

黒澤明　他監督への提供脚本リスト

	映画化タイトル	公開年	製作会社	配給会社	製作者	監督	脚本共同執筆者	備考
1	幡随院長兵衛	1940	南旺映画 前進座	東宝映画	(現時点で不明)	千葉泰樹	山本嘉次郎 吉田二三夫	原作は藤森成吉の同名戯曲。助監督時代の創作ノートには1939年に脚色した脚本と記載されている。山本嘉次郎、吉田二三夫(千葉泰樹のペンネーム)の共同脚本として1940年に映画公開された。山本の指導・依頼により、脚色ではあるが黒澤がはじめて手がけた脚本と考えられる。
2	女学生と兵隊	1940	宝塚映画	東宝映画	内村禄哉	松井稔	京都伸夫	原作は島本志津夫(原作名不明)。助監督時代の創作ノートには1939年に脚色した脚本と記載されている。京都伸夫の脚本として1940年に公開された。
3	虎造の荒神山	1940	東宝映画(京都)	東宝映画	森田信義	青柳信雄	八住利雄	助監督時代の創作ノートには脚色と記載されているが原作はない。青柳信雄の初監督作品であり、八住利雄の脚本として1940年に公開された。
4	青春の気流	1942	東宝映画	東宝映画	松崎啓次	伏水修		原作は南川潤の小説『愛情の建設』と『生活の設計』(ともに1941年)。脚本は「愛情の設計」として執筆されはじめ、「美しき設計」と改題し、完成作品は『青春の気流』と公開された。黒澤の名がはじめてクレジットされた脚本。
5	翼の凱歌	1942	東宝映画	東宝映画	藤本真澄	山本薩夫	外山凡平	演出補佐を谷口千吉が務めている。
6	阿片戦争	1943	東宝映画	東宝映画	松崎啓次	マキノ正博	小國英雄	原案は製作者の松崎啓次によるもの。松崎と小國英雄の共著をベースに黒澤がリライトした。
7	愛の世界 山猫とみの話	1943	東宝	東宝映画	藤本真澄	青柳信雄	如月敏 黒川慎	原作は佐藤春夫・坪田譲治・富澤有為男の小説『愛の世界』(1943年)。黒川慎は黒澤のペンネームと思われる。本作の助監督であった市川崑と松林宗恵による証言で、黒澤がリライトしたことが明らかになっている。
8	土俵祭	1944	大映(京都)	大映	浅野辰雄	丸根賛太郎		原作は鈴木彦次郎(原作名不明)。
9	天晴れ一心太助	1945	東宝映画	東宝	本木荘二郎	佐伯清		「太助ねばる」から改題して映画公開された。佐伯清の初監督作品であり、本木荘二郎の初製作作品でもある。
10	四つの恋の物語 第1話「初恋」	1947	東宝	東宝	田中友幸 本木荘二郎	豊田四郎		
11	銀嶺の果て	1947	東宝	東宝	田中友幸	谷口千吉		「白と黒」として執筆され、撮影時に「山小屋の三悪人」へと改題。完成作品は『銀嶺の果て』と改題して公開された。当初は黒澤と谷口千吉が共同で執筆したが、決定稿は黒澤の単独クレジットとなった。前年の短篇『東宝ショーボート』に続く谷口千吉の長篇監督第1作。
12	肖像	1948	松竹(大船)	松竹	小倉武史	木下惠介		黒澤と木下惠介が1947年に試写会で同席した際、お互いに執筆した脚本を交換しようと会話したことを契機に黒澤が執筆した。
13	地獄の貴婦人	1949	松崎プロダクション 田中プロダクション 東宝	東宝	松崎啓次 田中友幸	小田基義	西亀元貞	「地獄の季節」から改題して公開された。東宝争議で退社した製作者の松崎啓次による松崎プロダクション第1回作品に協力。
14	ジャコ萬と鉄	1949	49年プロダクション	東宝	田中友幸	谷口千吉	谷口千吉	原作は梶野悳三の小説『煉漁場』(1947年)。谷口千吉が映画芸術協会としてクレジットされている。1964年には同一脚本で深作欣二監督によって再映画化された。
15	暁の脱走	1950	新東宝	東宝	田中友幸	谷口千吉	谷口千吉	原作は田村泰次郎の小説『春婦伝』(1947年)。谷口千吉が映画芸術協会としてクレジットされている。
16	ジルバの鉄	1950	東横映画(京都)	東京映画配給	マキノ満男	小杉勇	棚田吾郎	原作は梶野悳三の同名小説(1948年の『幽霊合戦』から改題)。
17	殺陣師段平	1950	東横映画(京都)	東京映画配給	マキノ満男	マキノ正博		原作は長谷川幸延の同名戯曲(1949年)。1962年には同一脚本で瑞穂春海監督によって再映画化された。
18	愛と憎しみの彼方へ	1951	映画芸術協会	東宝	田中友幸	谷口千吉	谷口千吉	原作は寒川光太郎の小説『脱獄囚』(1949年)。映画芸術協会が製作した唯一の作品。谷口千吉が単独で執筆した脚本を黒澤が改訂した。
19	獣の宿	1951	松竹(京都)	松竹	小倉浩一郎	大曾根辰夫		原作は藤原審爾の小説『湖上の薔薇』(1949年)。
20	青い真珠	1951	東宝	東宝	本木荘二郎	本多猪四郎		原作は山田克郎の小説『海の廃園』(1949年)。『青い真珠』へと改題して公開された本多猪四郎の初監督作品。当初は黒澤と本多猪四郎で共同執筆され、決定稿は本多が改訂し単独クレジットとなった。
21	荒木又右衛門 決闘鍵屋の辻	1952	東宝	東宝	本木荘二郎	森一生		東宝争議後、東宝を離れていた黒澤が復帰してはじめて手がけた脚本。
22	戦国無頼	1952	東宝	東宝	田中友幸	稲垣浩	稲垣浩	原作は井上靖の同名小説(1952年)。
23	吹けよ春風	1953	東宝	東宝	田中友幸	谷口千吉	谷口千吉	黒澤と谷口千吉が組んだ最後の作品。
24	日本の悲劇	1953	松竹(大船)	松竹	小出孝 桑原良太郎	木下惠介	木下惠介	木下惠介が『肖像』で脚本提供を受けた返礼として黒澤に送った脚本。脚本には協力として黒澤の名がクレジットされ、小田基義監督で映画化が企画されたが実現しなかった。この脚本を木下が引き取り、『日本の悲劇』として映画化した。
25	消えた中隊	1955	日活	日活	星野和平	三村明	菊島隆三	原作は井手雅人の小説『地の塩』(1953年)。井手は『赤ひげ』以降に黒澤の重要な共同執筆者となる。
26	あすなろ物語	1955	東宝	東宝	田中友幸	堀川弘通		原作は井上靖の同名小説(1953年)。堀川弘通の初監督作品。第3話はイワン・ツルゲーネフの小説『初恋』(1860年)を翻案したもの。
27	日露戦争勝利の秘史 敵中横断三百里	1957	大映(東京)	大映	永田雅一 米田治	森一生	小國英雄	原作は山中峯太郎の小説『敵中横断三百里』(1930年)。1941年に脚本執筆。「映画評論」1943年6月号(映画日本社)に掲載された黒澤の脚本を映画化に際して小國英雄が加筆した。
28	戦国群盗傳	1959	東宝	東宝	藤本真澄	杉江敏男	山中貞雄	フリードリヒ・シラーの戯曲『群盗』(1781年)をベースに三好十郎が執筆。1937年に滝沢英輔監督によって映画化された作品を再映画化。山中貞雄の脚本を黒澤が潤色した。監督はマキノ雅弘が予定されていたが、杉江敏男が監督となった。
29	殺陣師段平	1962	大映(京都)	大映	税田武生	瑞穂春海		1950年版と同一脚本による再映画化。
30	ジャコ萬と鉄	1964	東映(東京)	東映	関政次郎 植木照男	深作欣二	谷口千吉	1949年版と同一脚本による再映画化。
31	姿三四郎	1965	宝塚映画 黒澤プロダクション	東宝	田中友幸	内川清一郎		黒澤が監督した『姿三四郎』『續姿三四郎』を内川清一郎監督が1作にまとめて再映画化。脚本は黒澤が脚色した。
32	野良犬	1973	松竹(大船)	松竹	杉崎重美	森崎東	一色爆	1949年版の再映画化。一色爆が脚色した。

88
「土俵祭」決定稿（1944年）
Final draft of *Dohyo matsuri* (1944)

相撲小説で知られた鈴木彦次郎の原作をもとに黒澤が執筆した脚本。
脚本家としての黒澤の腕前を見込んで執筆依頼されたもので、黒澤
が所属する東宝を離れて大映京都撮影所で映画化された。展示品は
大映京都および東映京都を中心に数多くの時代劇に出演した俳優・
原健作（健策）の旧蔵品である。

東映太秦映画村・映画図書室所蔵
Collection of Toei Kyoto Studio Park Library

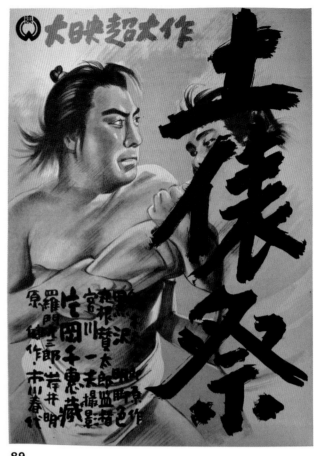

89
『土俵祭』ポスター（1944年、丸根賛太郎監督）
Poster of *Dohyo matsuri* (dir. Santaro Marune, 1944)

東映太秦映画村・映画図書室所蔵
Collection of Toei Kyoto Studio Park Library

90
「大映京都」黒澤明のエッセイ
『『土俵祭』の脚本をめぐって』（1944年）
Essay by Kurosawa: *"Dohyo
matsuri no kyakuhon wo megutte,"
Daiei Kyoto*, 1944

シナリオ作家としては書いた作品を読んでもらう
に限るが、演出家としてはシナリオがどのような
形で映画化されるのか、自分の子供を奉公に出
した親のようにとても気にかかる、という趣旨が
綴られ、「シナリオ作家黒澤」と「映画監督黒澤」
の双方の微妙な違いが垣間見える。「砥村（東宝）
の父親」である黒澤が、「息子」の奉公先である
「太秦の番頭たち（大映京都のスタッフ）」に「どう
かーつ、思いきり厳格にしつけていただきたい」
と記すユーモアが微笑ましい。

槙田寿文氏所蔵
Collection of Toshifumi Makita

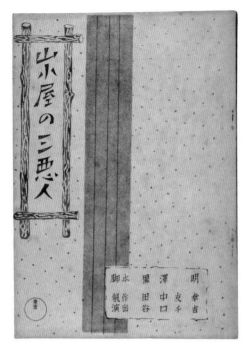

94

「山小屋の三悪人」準備稿（1947年）
Draft of *Yamagoya no san akunin* (1947)

「映画展望」1947年7月号（三帆書房）で発表されたシナリオ「白と黒」がもとになっており、撮影時に題名が「山小屋の三悪人」へと改められた。

国立映画アーカイブ所蔵
Collection of NFAJ

95

『銀嶺の果て』プレスシート（1947年、谷口千吉監督）
Press material of *Ginrei no hate* (dir. Senkichi Taniguchi, 1947)

「山小屋の三悪人」はさらに「銀嶺の果て」と題名を変えて公開された。監督を務めたのは黒澤の兄弟子に当たる谷口千吉で、本作が監督デビュー作となる。三船敏郎もこの作品が実質的なデビュー作となり、また音楽担当の伊福部昭もはじめて映画音楽を手がけるなど、初々しい布陣で製作された。

槇田寿文氏所蔵
Collection of Toshifumi Makita

96

『銀嶺の果て』ポスター（1947年）
Poster of *Ginrei no hate* (1947)

槇田寿文氏所蔵
Collection of Toshifumi Makita

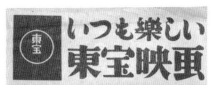
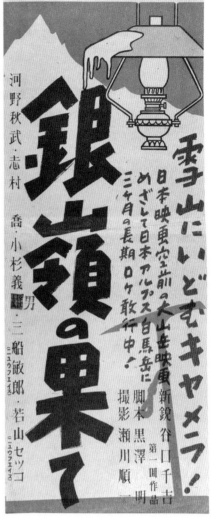

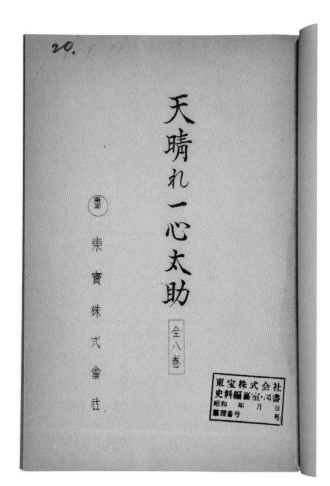

91
「天晴れ一心太助」完成台本（1944年）
Final script of *Appare isshin tasuke* (1944)

黒澤が原作・脚本を手がけ、本木荘二郎の製作、佐伯清の監督で1945年1月に
公開された。本作は本木と佐伯にとって初の製作作品、初監督作品であり、黒澤
はお祝いの意を込めて脚本を書き上げたという。

映画演劇文化協会所蔵
Collection of Cinema & Stage Culture Association

93
『天晴れ一心太助』（1945年、佐伯清監督）再公開版上
映ポスター（1950年）
**Poster of *Appare isshin tasuke* (dir. Kiyoshi
Saeki, 1945) at its rerelease screening (1950)**

戦後に再公開された際に作られたポスター。黒澤が脚本を手が
けた『四つの恋の物語』（1947年、オムニバス映画）の一篇「初恋」
（豊田四郎監督）が併映されており、黒澤の脚本作品2本立てと
いうプログラムになっている。

横田寿文氏所蔵
Collection of Toshifumi Makita

92

森岩雄から黒澤明・本木荘二郎宛書簡（1944年頃）
Letter from Iwao Mori to Kurosawa and Sojiro Motoki (ca. 1944)

当時の東宝の撮影所長である森岩雄が『天晴れ一心太助』についてコメントした書簡。同作の脚本家である黒澤と、製作者である本木（森は"元木"と書いている）に宛てられている。企画に関する意見が細かく綴られており、当初ついていた「一心横丁」という題名について「ちいさく、又、ありふれ」ているため「もっとふくらみある明朗なるもの」にするよう求めるなど、製作の内幕が垣間見えて興味深い。

国立映画アーカイブ所蔵（本木荘二郎コレクション）
Sojiro Motoki Collection of NFAJ

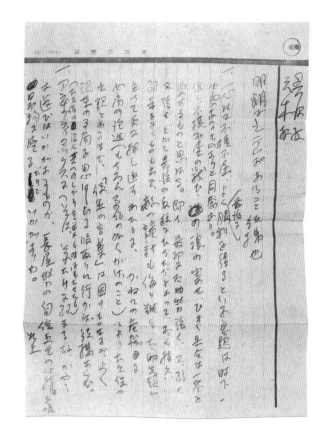

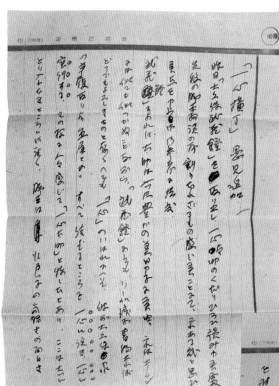

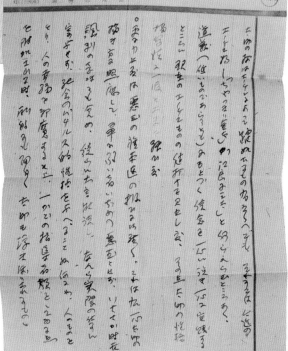

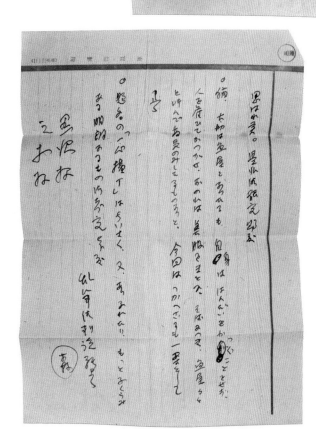

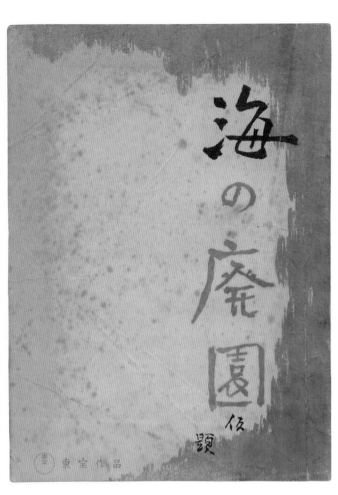

98
「海の廃園」本多版（1951年）
Umi no haien, the "Honda" version (1951)

1949年に第22回直木賞を受賞した山田克郎の『海の廃園』
を脚本化したもの。黒澤と同じく山本嘉次郎門下である本多
猪四郎の監督デビュー作に選ばれ、完成作は『青い真珠』と
改題されたのち1951年8月3日に公開された。この脚本は、
本多猪四郎・黒澤明の連名脚本（展示No. 99）を本多が単独
で改訂した決定稿。

槙田寿文氏所蔵
Collection of Toshifumi Makita

99
「海の廃園」本多・黒澤版（1951年）
Umi no haien, the "Honda and Kurosawa" version (1951)

「海の廃園」の脚本は、当初は黒澤と本多の共作であった。共作となった契機は、本多が
「海の廃園」を執筆していた旅館で黒澤も「羅生門」の決定稿を執筆しており、黒澤が
盟友である本多の部屋を訪れ、デビュー作の相談に乗っていたためと思われる。しかし、
最終的には本多自身が決定稿を仕上げ、脚本クレジットは本多1人となっている。

早稲田大学坪内博士記念演劇博物館所蔵
Collection of The Tsubouchi Memorial Theatre Museum, Waseda Univ.

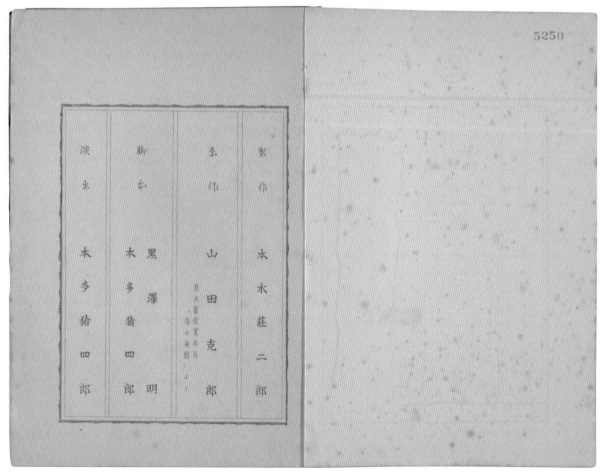

100
『青い真珠』ポスター（1951年、本多猪四郎監督）
Poster of *Aoi shinju* (dir. Ishiro Honda, 1951)

東映太秦映画村・映画図書室所蔵
Collection of Toei Kyoto Studio Park Library

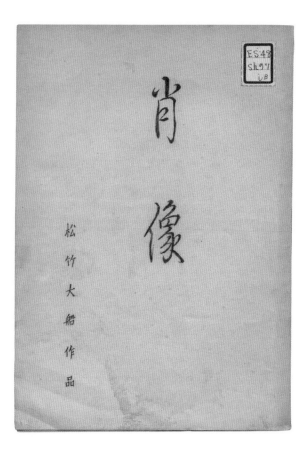

101
「肖像」準備稿（1948年）
Draft of *Shozo* (1948)

黒澤と木下惠介は監督デビューを果たした年が同じであることから、所属会社の違いを超えてたびたび交流を重ねてきた。「肖像」は2人の交流の産物で、1947年の春に有楽町のスバル座で行われた『アメリカ交響楽』（1945年、アーヴィング・ラパー監督）の試写会で2人が偶然にも隣り合わせになった際、お互いに執筆した脚本を交換しようと会話したことを契機に黒澤が執筆したものである。

松竹大谷図書館所蔵
Collection of Shochiku Otani Library

102
『肖像』ポスター（1948年、木下惠介監督）
Poster of *Shozo* (dir. Keisuke Kinoshita, 1948)

黒澤と木下の写真が大きくあしらわれており、作品に対する期待の大きさがうかがい知れる。当時の宣伝資料において、監督と脚本家の写真がポスターに載ることは珍しいことであった。

横田寿文氏所蔵
Collection of Toshifumi Makita

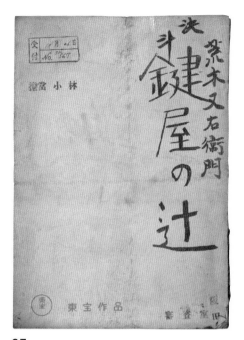

97
「荒木又右衛門 決闘鍵屋の辻」決定稿（1951年）
Final draft of *Ketto kagiya no tsuji* (1951)

「鍵屋の辻の決闘」で知られる荒木又右衛門の仇討ちの故事にもとづいて、黒澤が書き上げた脚本。東宝争議後、東宝を離れていた黒澤が復帰してはじめて手がけた脚本となった。冒頭に現代の鍵屋の辻の場面を持ってくるなど、従来とは異なるリアルな時代劇の確立を意気込んだ内容だったが、大映から森一生を招いて撮られた作品は興行的には成功しなかった。本作において試みられた、徹底したリアリズムに貫かれた時代劇づくりは、『七人の侍』に受け継がれてゆく。

国立映画アーカイブ所蔵
Collection of NFAJ

103
「消えた中隊」決定稿（1954年）
Final draft of *Kieta chutai* (1954)

『姿三四郎』を手がけたキャメラマン三村明の唯一の長篇監督作。のちに脚本家として黒澤作品に参加する井手雅人が執筆し、第30回直木賞候補となった小説『地の塩』（1953年）を原作とする。脚本は黒澤と菊島隆三の共同執筆によるもの。黒澤は三村が監督を務めることを新聞報道で知り、デビュー作を担当してくれた三村への感謝の意を込めて援助を申し出たという。

槙田寿文氏所蔵
Collection of Toshifumi Makita

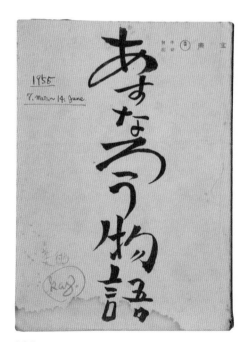

104
「あすなろう物語」決定稿（1955年）
Final draft of *Asunarou monogatari* (1955)

黒澤組の助監督を務めた堀川弘通の監督デビュー作のために黒澤が書き上げた脚本。完成映画の題名は「う」が取れた『あすなろ物語』となっている。

槙田寿文氏所蔵
Collection of Toshifumi Makita

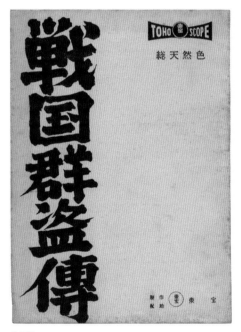

105
「戦国群盗傳」決定稿（1959年）
Final draft of *Sengoku guntoden* (1959)

山中貞雄の脚本をもとに滝沢英輔が1937年に映画化した同名作品のリメイク版。黒澤は、1937年版でサード演出助手を務めていた。再映画化では、黒澤組の助監督を務めた杉江敏男がメガフォンを執った。なお、この台本の監督欄にはマキノ雅弘の名がクレジットされており、企画段階では彼が監督として想定されていたと考えられる。

槙田寿文氏所蔵
Collection of Toshifumi Makita

106
『ジルバの鉄』ポスター（1950年、小杉勇監督）
Poster of *Jiruba no tetsu* (dir. Isamu Kosugi, 1950)

黒澤が棚田吾郎とともに脚本を手がけた作品で、戦前から俳優として活躍していた小杉勇が監督を務めた。戦後の占領下、時代劇製作に制約があった時期に作られた、時代劇スター・市川右太衛門の数少ない現代劇である。

槇田寿文氏所蔵
Collection of Toshifumi Makita

107
『日露戦争勝利の秘史 敵中横断三百里』ポスター
（1957年、森一生監督）
Poster of *Tekichu odan sanbyakuri*
(dir. Kazuo Mori, 1957)

1941年に黒澤が執筆した脚本を、戦後に森一生が映画化した。映画化に際して、小國英雄が脚本に若干の手直しを加えたと森が証言している（『森一生 映画旅』、1989年、草思社）。脚本完成直後、黒澤は自ら演出することを望んだが、新人が手がけるには規模が大きすぎるとして却下された経緯があり、映画化できなかったことを後年まで悔やんでいたという。

槇田寿文氏所蔵
Collection of Toshifumi Makita

108
『地獄の貴婦人』ポスター（1949年、小田基義監督）
Poster of *Jigoku no kifujin* (dir. Motoyoshi Oda, 1949)

黒澤が西亀元貞と共同執筆した脚本「地獄の季節」を、小田基義の監督で映画化したもの。東宝争議の影響を受けて松崎啓次が新たに立ち上げた松崎プロダクションの第1作目で、黒澤はかつての盟友の門出に脚本執筆という形で力を貸した。

槇田寿文氏所蔵
Collection of Toshifumi Makita

109

『暁の脱走』ポスター（1950年、谷口千吉監督）
Poster of *Akatsuki no dasso /
Escape at Dawn* (dir. Senkichi Taniguchi, 1950)

田村泰次郎の小説『春婦伝』（1947年）を原作に、黒澤と谷口千吉が脚本を執筆したもの。「キネマ旬報」1950年度ベストテン第3位に輝き、谷口の新進監督としての評価を確固たるものにした。1965年には、鈴木清順が同じ原作を原題のまま映画化している。

谷田部信和氏所蔵
Collection of Nobukazu Yatabe

110

『獣の宿』ポスター（1951年、大曾根辰夫監督）
Poster of *Kemono no yado* (dir. Tatsuo Osone, 1951)

藤原審爾の小説『湖上の薔薇』（1949年）を黒澤が脚本化し、大曾根辰夫によって映画化されたサスペンス作品。

谷田部信和氏所蔵
Collection of Nobukazu Yatabe

いくつもの輝かしい傑作を送り出した黒澤の映画人生は、一方で多くの企画の断念を余儀なくされた挫折の年月でもある。クランクインまで進みながら監督降板となった『トラ・トラ・トラ！』をはじめ、黒澤が心血を注ぎながらも映画化に至らなかった幻の脚本の数々を紹介する。中でも新発見の脚本『ガラスの靴』（1971年）は注目に値する一冊である。

113
「忘草」仮題決定稿（1953年以前）
Final draft of *Wasure gusa* (before 1953)

『肖像』（1948年、木下惠介監督）で脚本提供を受けた返礼として、木下惠介が黒澤に提供した脚本。企画は東宝では実現せず、黒澤が「協力」として参加し、独立系プロダクションの新映株式会社によって小田基義監督で映画化が企画されたが、こちらも実現しなかった。この脚本を木下が引き取って松竹で生まれた映画が『日本の悲劇』（1953年、木下惠介監督）である。

槙田寿文氏所蔵
Collection of Toshifumi Makita

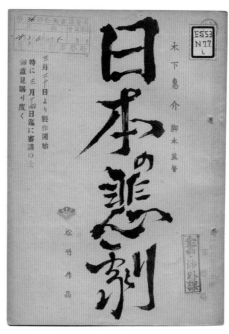

114
「日本の悲劇」（1953年）
Nihon no higeki (1953)

扉には「提供 新映株式会社」と記載されており、木下惠介が新映株式会社から「忘草」（展示No.113）の企画を引き取ったことが確認できる。なお、「忘草」のシーン数は125、「日本の悲劇」は141となっているが、追加された16シーンは細かなもので、台詞等はほとんど変更されていない。

松竹大谷図書館所蔵
Collection of Shochiku Otani Library

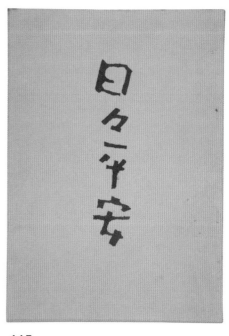

115
「日々平安」（1958年）
Nichi nichi heian (1958)

山本周五郎の小説『日日平安』（1954年）を原作とする脚本。黒澤が堀川弘通のために執筆したが、映画化にはいたらなかった。のちに、黒澤はこの脚本を下敷きにして『椿三十郎』（1962年）を作り上げることとなる。この台本は、表紙のデザインがこれまで知られていたものとは異なっていることが注目される。

槙田寿文氏所蔵
Collection of Toshifumi Makita

111
「どっこい！この槍」[複写]（1945年）
Dokkoi! kono yari [copy] (1945)

戦国時代、槍で身を立てようとする男の話。当初は『豪傑読本』という題名で映画化の準備が進んでおり、山形へのロケハンが行われたが、終戦のため製作中止となった。東宝助監督部の製作日誌によれば、1945年8月17日に撮影チームの解散式が行われたと記されている。それゆえ、本作の製作中止を受けて急遽企画された『虎の尾を踏む男達』（1945年製作、1952年公開）が終戦前後に撮影中だったという通説には再考の余地がある。

国立映画アーカイブ所蔵（草薙匠コレクション）
Sho Kusanagi Collection of NFAJ

116
「暴走機関車」決定稿（1966年）
Final draft of *Boso kikansha* (1966)

『文藝春秋』1964年2月号に掲載された「恐怖の暴走機関車」という記事に触発されて、黒澤が小國英雄、菊島隆三と書き上げた脚本。『赤ひげ』を最後に東宝から独立した黒澤プロダクション単独企画の第1弾として企画され、アメリカ資本による製作、同地での大規模なロケーション撮影、さらには黒澤作品で初となるカラー・70mm作品として製作準備が進められた。しかし、改稿作業の難航や黒澤の健康状態の悪化といった問題が発生し、1966年11月のクランクイン直前に製作が急遽中断、そのまま頓挫した。1985年には、この脚本を原案にしてアンドレイ・コンチャロフスキー監督が映画化をしたが、原案クレジットには小國と菊島の名がなく、作品の内容も大きく異なっている。

槙田寿文氏所蔵
Collection of Toshifumi Makita

112
『どっこい！この槍』ポスター（1945年）
Poster of *Dokkoi! kono yari* (1945)

撮影開始前に制作された前宣伝ポスター。終戦間際のものとしては鮮やかな配色が目を引く。

槙田寿文氏所蔵
Collection of Toshifumi Makita

117
「虎 虎 虎」準備稿（1967年）
Draft of *Tora Tora Tora!* (1967)

1966年11月の「暴走機関車」の製作中止と時を同じくして、黒澤は20世紀フォックスの製作者であるエルモ・ウィリアムズから真珠湾攻撃についての映画化企画「トラ・トラ・トラ！」についてのオファーを受ける。黒澤は1967年1月半ばに小國英雄、菊島隆三とともに脚本執筆を開始。苦闘の末、5月初頭に第1稿を完成させる。それを印刷したものが、この準備稿である。本文だけで650ページ以上あるこの台本は、そのまま映像化すると7時間を超える膨大な分量である。限られた関係者にのみ配られたもので、長らく日本国内には現存しないとされてきた幻の台本である。

個人蔵
Private Collection

118
「虎 虎 虎」
企画に関する黒澤明直筆メモ（1967年）
Notes by Kurosawa on the production of *Tora Tora Tora!* (1967)

1941年12月の真珠湾攻撃に至るまでの日本とアメリカの政治情勢について黒澤が綴ったメモ。メモ書きであることを差し引いても、普段の黒澤の字からかけ離れた乱雑な走り書きである。

吉原純氏所蔵
Owned by Jun Yoshihara

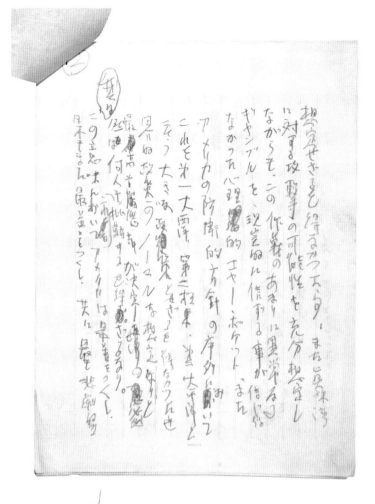

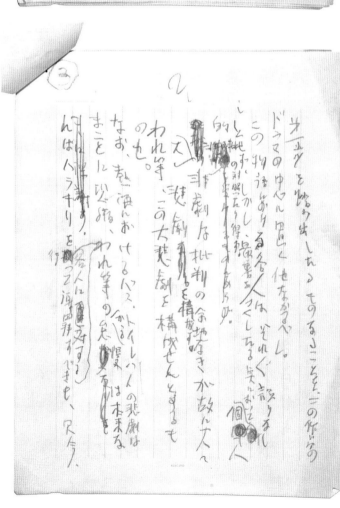

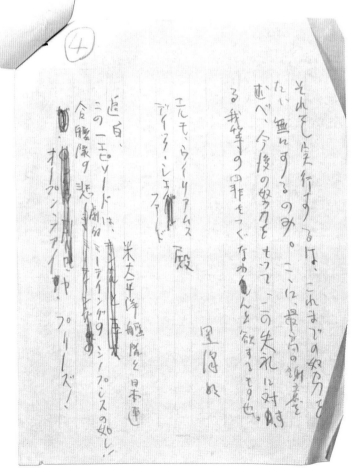

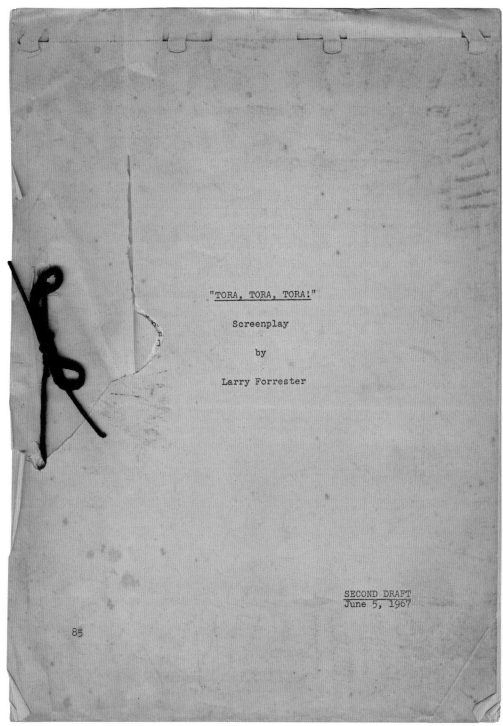

"TORA, TORA, TORA!"

Screenplay

by

Larry Forrester

SECOND DRAFT
June 5, 1967

85

119
「虎 虎 虎」
20世紀フォックス版第2稿（1967年）
Second draft of *Tora Tora Tora!* by 20th Century Fox Co., Ltd. (1967)

黒澤らが書き上げたものとは別に、20世紀フォックス側がエルモ・ウィリアムズの盟友であるラリー・
フォレスターに依頼して執筆させた脚本。内容が黒澤版とは異なっている。

個人蔵
Private Collection

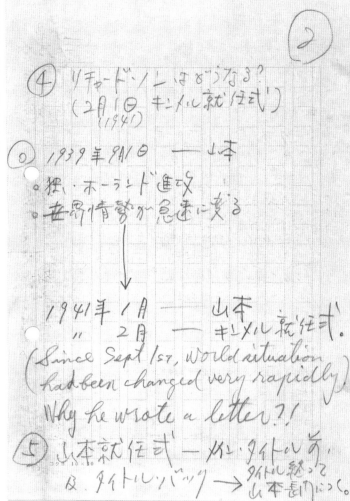

120
「虎 虎 虎」
オープニングに関する黒澤明直筆メモ（1967年）
Notes by Kurosawa on the opening sequence of *Tora Tora Tora!* (1967)

黒澤が「虎 虎 虎」で特にこだわったのが、山本五十六が聯合艦隊司令長官として戦艦長門に着任する「登舷礼」の場面を描くオープニング・シークエンスだった。しかし、膨大な脚本を少しでも切り詰めたいアメリカ側が難色を示し、齟齬をきたしたとされる。このメモは、黒澤が自身の考える演出プランについての正当性を綴ったもので、随所に「これがなければ、日本側は（企画に）参加できない」といった趣旨の切迫感溢れる文言が見て取れる。

吉原純氏所蔵
Owned by Jun Yoshihara

122
『トラ・トラ・トラ！』製作発表新聞広告の下書き
Draft of the newspaper ad written by Kurosawa

製作発表広告は1968年10月12日付けの朝日新聞夕刊に掲載された。1枚に1つの段落が書かれており、完成版はこれらの断章を組み合わせて構成されていることがわかる。「これは勝利の記録でもなければ敗北の記録でもない。一口に云うなら、これは二ツの国の誤解の記録であり、優秀な能力とエネルギイの浪費の記録である」といった、完成版にも通じる言い回しが見受けられる一方で、「『地上最大の作戦（ザ・ロンゲスト・デイ）』と云う映画は、私は愚作だと思います」といった痛烈な表現もあり、企画に対する黒澤の強い思い入れがうかがい知れる。

吉原純氏所蔵
Owned by Jun Yoshihara

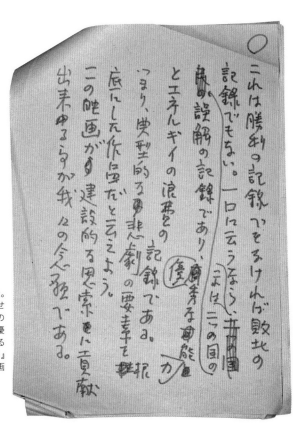

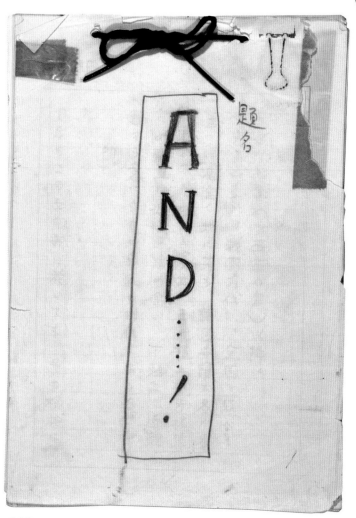

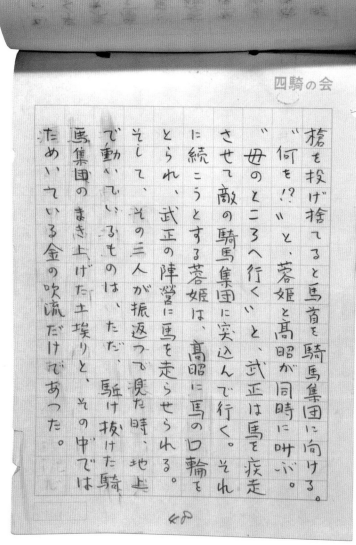

124
「AND…!」梗概（1970-1971年）
Synopsis of *AND...!* (1970-1971)

白石一郎の小説『鷹ノ羽の城』（1963年）の映画化企画の梗概。日本人とポルトガル人のハーフとして生まれた、〝青い目のサムライ〟を主人公とする物語である。白石本人が、文庫版（1981年、講談社）のあとがきで1971年に黒澤プロダクションより映画化の申し入れがあったことを記している。この梗概は、前半を小國英雄が自らの名入り原稿用紙に書き、後半を黒澤が「四騎の会」（1969年秋に設立された黒澤・木下惠介・市川崑・小林正樹による映画製作主体）の名入り原稿用紙に書いたものである。後年この企画は三船プロダクションに継承されたが、映画化には至らなかった。

土田勇氏所蔵
Owned by Isamu Tsuchida

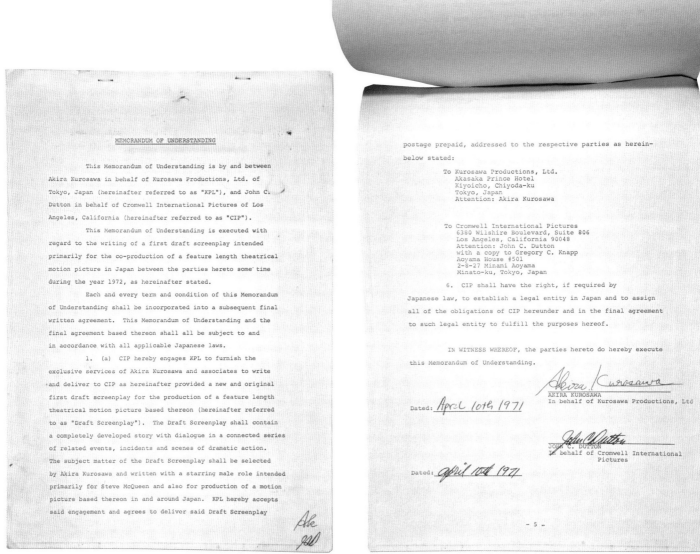

MEMORANDUM OF UNDERSTANDING

This Memorandum of Understanding is by and between Akira Kurosawa in behalf of Kurosawa Productions, Ltd. of Tokyo, Japan (hereinafter referred to as "KPL"), and John C. Dutton in behalf of Cromwell International Pictures of Los Angeles, California (hereinafter referred to as "CIP").

This Memorandum of Understanding is executed with regard to the writing of a first draft screenplay intended primarily for the co-production of a feature length theatrical motion picture in Japan between the parties hereto some time during the year 1972, as hereinafter stated.

Each and every term and condition of this Memorandum of Understanding shall be incorporated into a subsequent final written agreement. This Memorandum of Understanding and the final agreement based thereon shall all be subject to and in accordance with all applicable Japanese laws.

1. (a) CIP hereby engages KPL to furnish the exclusive services of Akira Kurosawa and associates to write and deliver to CIP as hereinafter provided a new and original first draft screenplay for the production of a feature length theatrical motion picture based thereon (hereinafter referred to as "Draft Screenplay"). The Draft Screenplay shall contain a completely developed story with dialogue in a connected series of related events, incidents and scenes of dramatic action. The subject matter of the Draft Screenplay shall be selected by Akira Kurosawa and written with a starring male role intended primarily for Steve McQueen and also for production of a motion picture based thereon in and around Japan. KPL hereby accepts said engagement and agrees to deliver said Draft Screenplay

postage prepaid, addressed to the respective parties as herein-below stated:

> To Kurosawa Productions, Ltd.
> Akasaka Prince Hotel
> Kiyoicho, Chiyoda-ku
> Tokyo, Japan
> Attention: Akira Kurosawa

> To Cromwell International Pictures
> 6380 Wilshire Boulevard, Suite 806
> Los Angeles, California 90048
> Attention: John C. Dutton
> with a copy to Gregory C. Knapp
> Aoyama House #501
> 2-8-27 Minami Aoyama
> Minato-ku, Tokyo, Japan

6. CIP shall have the right, if required by Japanese law, to establish a legal entity in Japan and to assign all of the obligations of CIP hereunder and in the final agreement to such legal entity to fulfill the purposes hereof.

IN WITNESS WHEREOF, the parties hereto do hereby execute this Memorandum of Understanding.

Dated: April 10th 1971

AKIRA KUROSAWA
In behalf of Kurosawa Productions, Ltd

Dated: April 10th 1971

JOHN C. DUTTON
In behalf of Cromwell International Pictures

- 5 -

125
「AND...!」脚本執筆契約書（1971年）
MOU for the script writing of *AND...!* (1971)

黒澤は、スティーブ・マックィーンが出演する前提で「AND...!」を脚本化するという覚書をアメリカのクロムウェル・インターナショナル・ピクチャーズ社と1971年4月10日付けで締結している。なお、出演の可否についてはマックィーン側が自由に決められるという内容だった。

土田勇氏所蔵
Owned by Isamu Tsuchida

126
「AND...!」梗概英訳（1970-1971年）
English translation of the synopsis of *AND...!* (1970-1971)

海外への企画売り込み用に作成された英訳版。スティーブ・マックィーンはこれを読み脚本執筆の覚書を結ぶに至ったと考えられる。1972年2月29日付けでアメリカ脚本家協会に著作権登録も行われている。

土田勇氏所蔵
Owned by Isamu Tsuchida

127
「赤き死の仮面」プロット[複写]（1977年）
Plot of *Akaki shi no kamen* [copy] (1977)

『デルス・ウザーラ』に続く日ソ合作映画の候補として、黒澤による脚本・監督を前提に、東映、ソヴィンフィルム、アトリエ41の企画・製作で計画された。本プロットの執筆者は不明。エドガー・アラン・ポーの『赤死病の仮面』（1842年）をほぼ踏襲し、冒頭と末尾のみ若干の改編が加えられている。ソ連の意向により、黒澤は井手雅人の協力を得て「黒き死の仮面」と改題、ペスト蔓延下の中世の城館を舞台に繰り広げられる権力闘争と酒池肉林の世界を、多くの人物が登場する絢爛たる脚本に仕上げた。なおアトリエ41は、1966年に東宝を退社した松江陽一が設立した映画・演劇製作会社「41工房」の別称で、『デルス・ウザーラ』の製作に参加した。

土田勇氏所蔵
Owned by Isamu Tsuchida

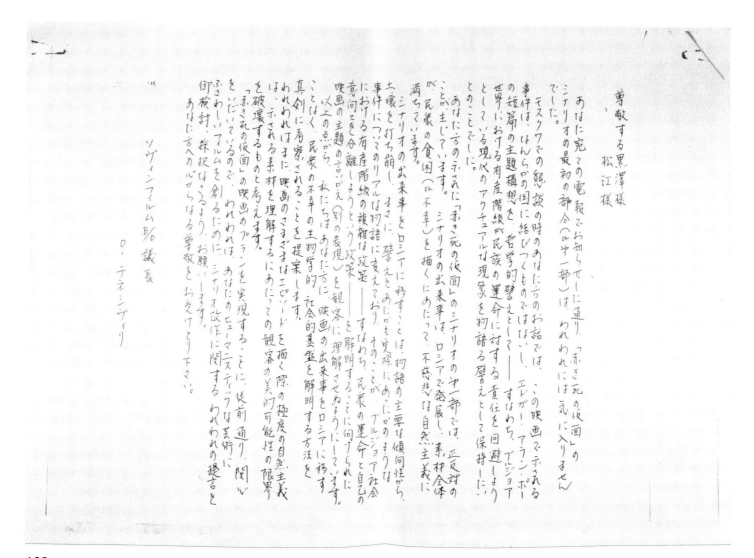

尊敬する黒澤様
松江様

あなたに宛ての電報でお知らせの通り、「赤き死の仮面」のシナリオの最初の部分（第一部）は、われわれにほぼ気に入りません でした。

モスクワでの懇談の時のあなた方のお話では、この映画で示される 事件は、はんらかの国に結びつくものではないし、エドガー・アラン・ポー の短篇の主題構想を、哲学的置きかえとして――すなわち、ブルジョア 世界における有産階級が民族の運命に対する責任を回避しようとして いる現代のアクチュアルな現象を物語る譬えとして保持したい。 とのことでした。

あなた方の示された「赤き死の仮面」のシナリオの第一部では、正反対の ことが生じています。シナリオの出来事は、ロシアで発展し、素材全体 が民衆の貧困（＝不幸）を描くにあたって、不慈悲で自然主義に 満ちています。

シナリオの出来事をロシアに移すことは、物語の主要な傾向性から 土壌を打ち崩し、譬えをあなたにも実際にあにのまりは 事件につつのみり、アリバはは物語に変えており、その ことが、ブルジョア社会 における有産階級の複雑な政策――すなわち、民衆の運命と自己の 音向とを分離しようという政策――を解明することに何ら向けられた 映画の主題の言いかえ（別の表現）を観客に理解させぬようにして います。

以上の点から、私たちはあなた方に、映画の出来事をロシアに移す ことなく、あなたに民衆の不幸の生物学的・社会的基盤を解明する方法を 提案します。映画のさまざまなエピソードを描く際の極度の自然主義 は、示される素材を理解するにあたっての観客の美的可能性の限界 を破壊するものと考えます。

「赤き死の仮面」の映画のプランを実現することに、送前通り、閉じ をこだいているので、われわれは、あなたのヒューマニスティックな芸術に ふくれしいフィルムを創るために、シナリオ改作に関する われわれの提言を 御検討、採択なさるよう、お願いします。 あなた方への心がらなる尊敬を お受けとり下さい。

ソヴィンフィルム B/o 議長
O. テネシヴィリ

128
ソヴィンフィルムより黒澤明・松江陽一宛書簡[複写]（1977年）
Letter from Sovinfilm to Kurosawa and Yoichi Matsue [copy] (1977)

ソヴィンフィルムとは「全ソ映画合作公団」とも呼ばれ、発信者のテネシヴィリは同公団で『デルス・ウザーラ』の企画実現に尽力した人物。書簡では、テネシヴィリが黒澤から送られた「赤き死の仮面」の原稿を読んだところ、その内容が当初の打ち合わせとは異なっており、舞台がロシアであると明らかにわかるだけでなく、リアルで冷酷な描写が共産主義体制への批判につながるとして改作を求めた。

土田勇氏所蔵
Owned by Isamu Tsuchida

脚本「黒き死の仮面」（1977年）

鮮烈な詩のような映画を創りたい。

例えば、全篇が「乱」の二の城落城のシーンのように、恐ろしく、すさまじく、
そして妖しく美しい映像と音響の世界。そして、その底に、昔も今も変らぬ、
人間の愚劣と醜悪に対する痛烈な風刺を根太く。

出典：黒澤明創作ノート「赤き死の仮面　Memo I」
「黒澤明デジタルアーカイブ」より抜粋

脚本：黒澤明　協力：井手雅人
原作：エドガー・アラン・ポー（1809－1849年）『赤死病の仮面』（1842年）

　『デルス・ウザーラ』（1975年）の好評を受けたモスフィルムが、再び旧ソ連で製作するため黒澤に脚本執筆を依頼。1977年に執筆。内容が共産主義体制への批判につながるとのソ連側からの意見も考慮し、初稿の「赤き死の仮面」を「黒き死の仮面」に改題。
　舞踏会のシーンの演出をフェデリコ・フェリーニに要請、手塚治虫にも準備稿を見せて協力を求めたが、撮影に相応しい古城がソ連にないなどの事情で映画化されなかった。黒澤は『デルス・ウザーラ』に出演したユーリー・ソローミンをノヴィコフ親衛隊長役に想定していたという。

［あらすじ］

▶中世の某国で黒死病（ペスト）が蔓延。大公の親衛隊が領内の疫病一掃の任務を終え帰城するが、入城を拒否される。一隊はやむなく領内に戻るも、次々に感染し、落命していく。唯一生き残った親衛隊長ノヴィコフも、たどり着いた城門前で射殺される。

▶城内には貴族、豪商、聖職者等、限られた上流階層が逃げ込み、疫病の恐怖から逃れようと享楽の日々を送っている。城主ドブロフスキー侯爵は独裁的権力者として恐れられ、人々は侯爵に隠れて不平・不満を口にするのみ。食糧危機で侯爵と聖職者が対立する。侯爵は神の存在を否定している。

▶侯爵夫人が発熱。城内は感染の恐怖におびえる。侯爵の弟パーペルは城外の大公のもとに脱出することを画策する。侯爵はそれを察知するが、逮捕寸前となったパーペルは、城内の食糧逼迫の実情を暴露してしまう。侯爵夫人感染の誤情報も流れ、城内は混乱し、侯爵は捕らえられ地下牢へ。

▶侯爵が企画した仮面舞踏会は、新指導者となったパーペルを祝う宴となる。その最中、パーペルは夫人がペストではないことを知るが、人心の離反を恐れ真相を隠蔽。それを知る侍女たちを殺害する。

▶仮面舞踏会はクライマックス。醜悪な扮装の踊りがはじまる。外では兵士たちが侯爵夫人の館に放火し、夫人は死ぬ。しかし、夫人は感染していなかったとの証言が流布しはじめる。真相を知った兵士たちは、煽動したパーペル配下のルカを絞首刑にする。地下牢に捕らえられていた侯爵は釈放される。

▶仮面舞踏会は一段と悪魔的な狂乱のるつぼと化す。突然、異様な人物が侵入する。死装束で仮面は硬直した死人の顔をし、顔にも装束にも黒い斑点がある。人々はパーペルに殺された侍女たちの死体をペストによるものと誤解、パニックが起こり、人々は城外へと脱出していく。侯爵はパーペルを刺殺し、紫の部屋で侵入者と対決する。仮面の下は道化であった。猛火の中、大時計の振り子が止まる。

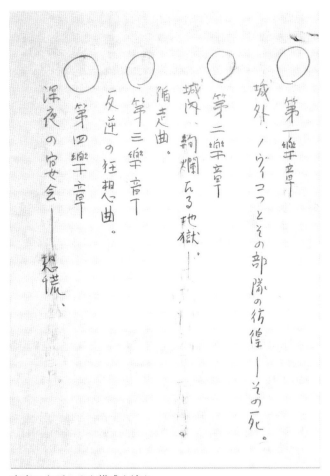

音楽になぞらえた構成と流れ
黒澤明直筆メモ
二戸真知子氏所蔵　Owned by Machiko Nito

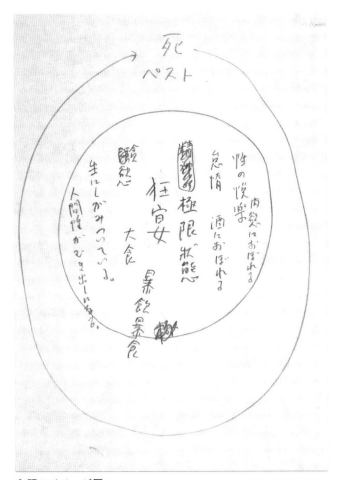

主題のイメージ図
黒澤明直筆メモ
二戸真知子氏所蔵　Owned by Machiko Nito

［脚本の特色］

① エドガー・アラン・ポーによる怪奇小説をもとに、舞台、登場人物を大幅に拡大、パンデミックの恐怖と権力闘争を組み合わせた壮大なドラマとして改編・創出した。

　　〇登場人物：約70名
　　〇舞台：領内荒野・城門前・城内
　　〇シーン数：164

② 前段の親衛隊が彷徨の末に全滅する悲劇から一転、城内の酒池肉林の世界へ大転換する。

③ 井手雅人の協力により、ピーテル・ブリューゲル、ヒエロニムス・ボスの絵画風の雰囲気を導入、絵画的描写による映像美を追求した。

④ ドブロフスキー侯爵を、ぶれない権力者像として描写した。

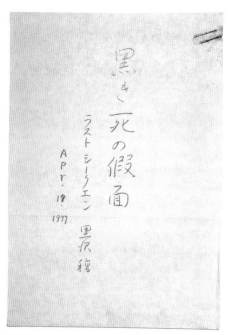

129
「黒き死の仮面」黒澤明直筆原稿（1977年）
Kurosawa's manuscript of *Kuroki shi no kamen* (1977)

黒澤の脚本では、作品終盤のクライマックスを、音楽を含めた場面の状況説明と要旨を記すのみにとどめている。末尾に「このシーンは、ロケ現場とセット建設プランを検討の上、別冊として書きます」とあるが、決定稿では「充分な量感を必要とするので、別冊で書く」となっている。現時点では別冊は所在不明となっているが、月下の城館で繰り広げられる地獄絵図の描写に対する黒澤のこだわりが原稿から滲み出ている。

二戸真知子氏所蔵
Owned by Machiko Nito

1
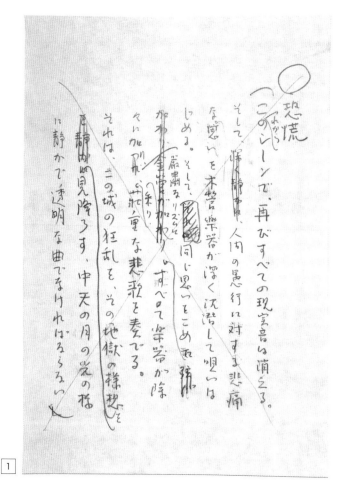

2
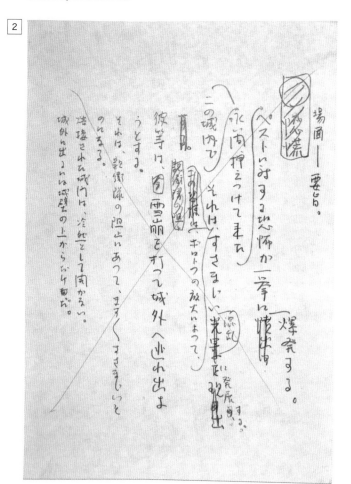

3
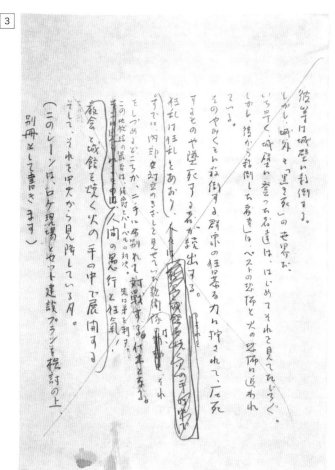

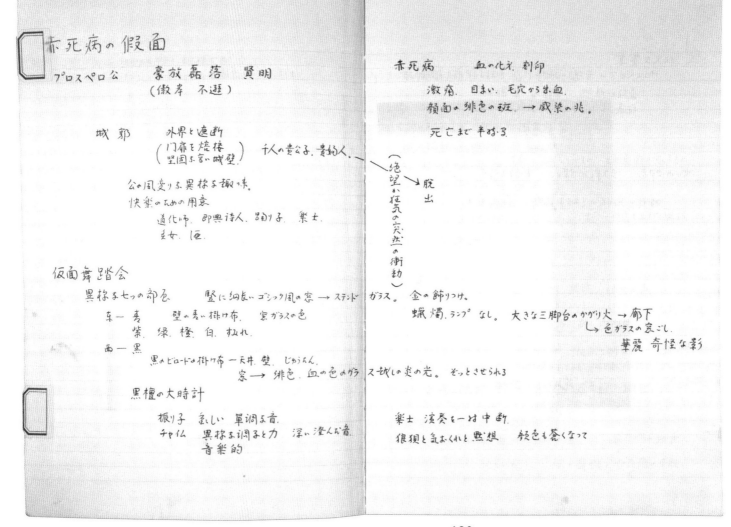

赤死病の假面

プロスペロ公　豪放磊落　賢明
　　　　　　（傲慢　不遜）

城郭　　　外界と遮断
　　　　　（門扉を熔接
　　　　　　堅固な高い城壁）　千人の貴公子. 貴婦人.

公の風変りな異様な趣味.
快楽のための用意.
　道化師. 即興詩人. 踊り子. 楽士.
　美女. 酒.

仮面舞踏会
黒椽な七つの部屋　　竪に細長いゴシック風の窓 → ステンドガラス. 金の飾りつけ.
東 一 青　　壁の高い掛け布. 窓ガラスの色
　　　紫. 緑. 橙. 白. すみれ.
西 一 黒
　　　黒のビロードの掛け布 一 天井. 壁. じゅうたん.
　　　窓 → 緋色. 血の色のガラス越しの炎の光. ぞっとさせられる

黒檀の大時計
　振り子　美しい　單調な音.
　チャイム　黒椽な調子と力　深い澄んだ音.
　　　　　　音楽的

赤死病　　血の化身. 烙印

激痛. 目まい. 毛穴から出血.
顔面の緋色の斑. → 感染の兆.
死亡まで半時程.

千人の貴公子. 貴婦人 ──── （絶望か狂気の突然の衝動）

→ 脱出

蝋燭. ランプなし.　大きな三脚台のかがり火 → 廊下
　　　　　　　　　　　└ 色ガラスの窓ごし
　　　　　　　　　　　　　　華麗　奇怪な影

楽士　演奏も一は中断.
狼狽と気おくれと黙想　顔色も蒼くなって

130
井手雅人旧蔵ノート（1977年）
Masato Ide's notebook (ca. 1977)

「黒き死の仮面」の原作であるエドガー・アラン・ポーの『赤死病の仮面』
（1842年）のポイントを、井手雅人が分析したノート。物語の核となる項目
（城主の性格、赤死病の特徴、城郭の様子、仮面舞踏会の会場など）を丹念
に整理している。別のページには、古代ローマ帝国の暴君を主題にしたア
ルベール・カミュの戯曲『カリギュラ』（1944年）からの抜き書きもあり、ド
ブロフスキー侯爵の人物造型の参考にした様子もうかがえる。

二戸真知子氏所蔵
Owned by Machiko Nito

131
「黒き死の仮面」決定稿（1977年）
Final draft of *Kuroki shi no kamen* (1977)

黒澤が漫画家・手塚治虫に直接手渡して意見を求めたという原稿。
ラストシーンでアニメーションを用いようと、黒澤が手塚に協力を
依頼したとも伝えられる。脚本執筆の前年に発売された「週刊プ
レイボーイ」（1976年12月7日号）の記事で、手塚は黒澤と一緒に
エドガー・アラン・ポーによる原作の映画化を行うという趣旨の発
言をしている。

手塚プロダクション所蔵
Owned by Tezuka Productions

132
「黒き死の仮面」決定稿英訳[複写]（1977年）
English translation for final draft of *Kuroki shi no kamen* (1977)

「黒き死の仮面」の脚本を海外での資金調達用に翻訳した
もの。当時これを読んだフランシス・フォード・コッポラは、
黒澤に「あなたの最高傑作です」と伝えたとされる。

槇田寿文氏所蔵
Collection of Toshifumi Makita

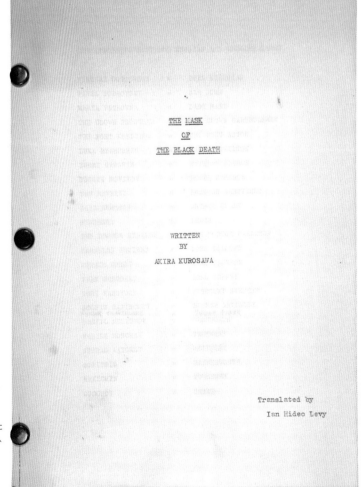

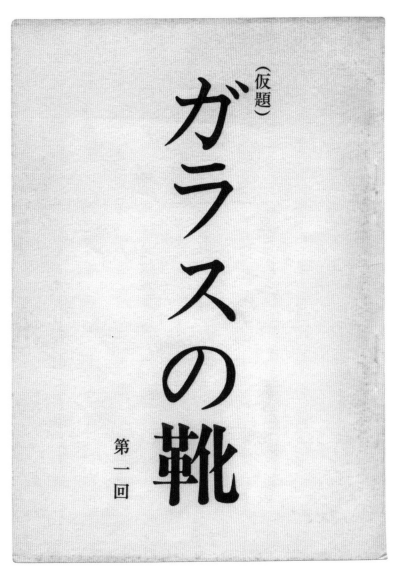

（仮題）

ガラスの靴 第一回

123

「ガラスの靴」決定稿（1971年）
Garasu no kutsu, Final draft (1971)

黒澤が監修としてクレジットされたが未制作に終わった連続テレビドラマの第1回台本。製作者の松江陽一が残したメモには「企画中だったもの：TV企画　四騎の会作品のもの『ガラスの靴』（ヘリオトロープ・ハリー）」とあり、脚本家名はないが黒澤がシノプシスを書いたとされる。ヘリオトロープ・ハリーとは若き黒澤が見た映画『忘れられた顔』（1928年、ヴィクター・シャーツィンガー監督）の主人公と思われ、「香水草」とも呼ばれるヘリオトロープの香水を好むためそう呼ばれる男のことである。映画の原作はアメリカの小説家リチャード・ウォッシュバーン・チャイルドの短篇『ヘリオトロープの香り』（未邦訳）。他に『地獄花』（1920年、ジョージ・D・ベイカー監督）、『忘れられた顔』（1936年、E・A・デュポン監督）として計3回映画化され日本でも公開された。犯罪者であったハリーが、裕福な家で養女として育てられた実の娘の幸せを、堕落した実の母親からの脅迫から守るため一命をかけるという話である。年譜などでは黒澤執筆とされていたが現物が確認されない「幻の脚本」であり、世界初公開となる。

槙田寿文氏所蔵
Collection of Toshifumi Makita

「ガラスの靴」第1回 あらすじ

　藤野海運の社長令嬢・藤野節子は、財界の大物で武田総業社長・武田洋之助の息子・康弘との婚約を発表し、結婚式の準備に忙しい。ある日、節子宛に北里という差出人からレザー張りの箱に入った贈りものが送られてくる。「北里」という名前を見た節子の母・芳枝は、それを節子には見せず、藤野海運社長である夫の貞雄に慌てて電話をする。貞雄と芳枝にとって、差出人の北里という名前は苦い過去を思い出させる名前であった。

　届いた贈りものには一足のガラスの靴が入っており、添えられたカードには「婚約おめでとう。父」と書かれていた。貞雄と芳枝はこのカードを見て愕然とする。北里は過去に殺人の罪を犯し、いまも服役中のはずであるのだ。芳枝は人知れず出所した北里が送ってきたのではと考える。しかし貞雄はそうとは考えられず、北里が服役している刑務所へと向かう。

　刑務所で貞雄は、6か月前に北里は仮出所しており、現在はとある地方の製材所で働いていることを知る。すぐに貞雄はその製材所に向かい、そこで北里と再会をする。2人はかつて、会社の先輩後輩として親しい間柄であった。実は、節子の本当の父親は北里なのだが、ある事情で貞雄が引き取って育ててきたのである。

　貞雄は北里にガラスの靴について問いただす。しかし北里は、週刊誌の報道で節子の婚約については知っていたが、ガラスの靴のことはまったく知らないと否定する。さらに、実の娘である節子の幸せを祈っており、二度と会わないと決めた約束を守り続けているという。しかし翌日、北里は製材所の主人で保護司でもある大崎に突然の休暇を願い出る。そんなとき、芳枝のもとに見知らぬ女から電話がかかってくる。女は、ガラスの靴を送ったのは自分であり、節子のことで話があると脅しをかけるが……。

海外での脚本出版と合作用の英訳脚本

黒澤の名作は、その大胆な作劇術により世界の映画人たちの教科書となった。このコーナーでは、日本映画の英語圏への先駆的な紹介者であったドナルド・リチーの関わった書籍はじめ諸外国で出版に至った黒澤映画の脚本と、また外国との合作企画に際して製作費を調達するため必要となった英訳版の脚本を展示し、黒澤映画の類いなき国際性を示す。

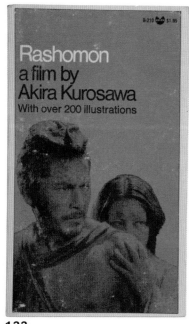

133

134

138

133
Donald Richie (ed.), *Rashomon: a film by Akira Kurosawa* (1969年)

槇田寿文氏所蔵
Collection of Toshifumi Makita

134
Donald Richie (ed.), *Rashomon: Akira Kurosawa, director* (1987年)

槇田寿文氏所蔵
Collection of Toshifumi Makita

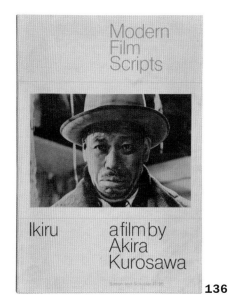

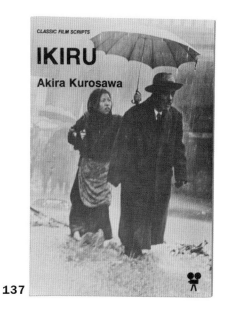

135
Donald Richie (ed.), *Ikiru: a film* （1968年）

槇田寿文氏所蔵
Collection of Toshifumi Makita

136
Donald Richie (ed.), *Ikiru: a film by Akira Kurosawa* （1968年）

槇田寿文氏所蔵
Collection of Toshifumi Makita

137
Donald Richie (ed.), *Ikiru: a film by Akira Kurosawa* （1981年）

槇田寿文氏所蔵
Collection of Toshifumi Makita

138
Akira Kurosawa, *The Seven Samurai, a film* （1970年）

槇田寿文氏所蔵
Collection of Toshifumi Makita

139
Donald Richie (ed.), *Seven Samurai: a film* （1970年）

槇田寿文氏所蔵
Collection of Toshifumi Makita

140
Donald Richie (ed.), *Seven Samurai: a film* （1984年）

槇田寿文氏所蔵
Collection of Toshifumi Makita

141
"*Les sept samouraïs,*" *L'Avant-scène Cinéma*, no. 113 （1971年）

槇田寿文氏所蔵
Collection of Toshifumi Makita

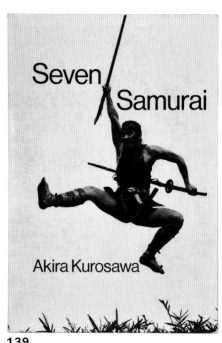

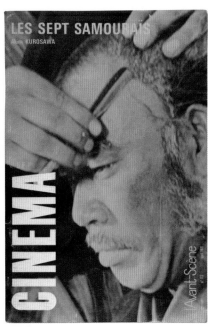

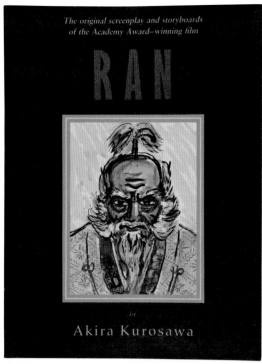

142
Akira Kurosawa et al., *RAN* (1986年)

槇田寿文氏所蔵
Collection of Toshifumi Makita

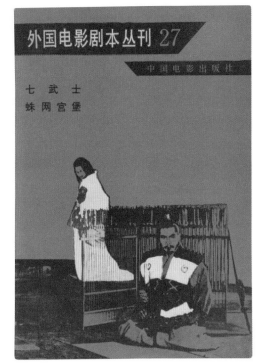

143
『外国电影剧本丛刊（27）　七武士　蛛网宫堡』(1983年)
Foreign Movie Script Series 27: Seven Samurai and Throne of Blood (1983)

『七人の侍』『蜘蛛巣城』の中国語訳脚本集。

槇田寿文氏所蔵
Collection of Toshifumi Makita

144
『乱──黑泽明电影剧本选集（下）』(1988年)
Ran: Akira Kurosawa's Selected Screenplays, Part 2 (1988)

『乱』の中国語訳脚本集。

槇田寿文氏所蔵
Collection of Toshifumi Makita

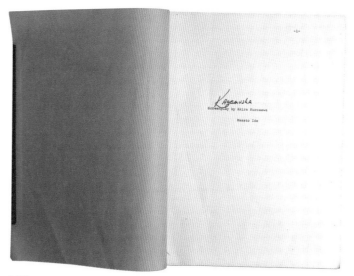

145
「影武者」英訳台本（1980年）
Script of *Kagemusha*, English translation (1980)

海外での資金調達用に英訳したもの。フランシス・フォード・コッポラとジョージ・ルーカスの協力を得て、『影武者』は20世紀フォックスの支援によって製作された。

槙田寿文氏所蔵
Collection of Toshifumi Makita

146
「乱」英訳台本（1983年）
Script of *Ran*, English translation (1983)

こちらも海外での資金調達を見込んで英訳したものである。『乱』はフランスの製作者、セルジュ・シルベルマンより製作資金を調達して製作された。

槙田寿文氏所蔵
Collection of Toshifumi Makita

「脚本家 黒澤明」研究チーム選定　黒澤作品の影響を受けた外国映画15選

	本国公開年	製作国	映画題名		監督	影響を受けた黒澤作品
1	1960年	アメリカ	荒野の七人	*The Magnificent Seven*	ジョン・スタージェス	七人の侍
2	1960年	スウェーデン	処女の泉	*Jungfrukällan*	イングマール・ベルイマン	羅生門
3	1964年	アメリカ	暴行	*The Outrage*	マーティン・リット	羅生門
4	1964年	イタリア　西ドイツ　スペイン	荒野の用心棒	*Per un pugno di dollari*	セルジオ・レオーネ	用心棒
5	1972年	アメリカ	ゴッドファーザー	*The Godfather*	フランシス・フォード・コッポラ	悪い奴ほどよく眠る
6	1975年	アメリカ	風とライオン	*The Wind and the Lion*	ジョン・ミリアス	隠し砦の三悪人 七人の侍
7	1977年	アメリカ	スター・ウォーズ ［エピソード4／新たなる希望］ *Star Wars [Episode IV A New Hope]*	ジョージ・ルーカス	隠し砦の三悪人
8	1981年	アメリカ	宇宙の7人	*Battle Beyond the Stars*	ジミー・T・ムラカミ	七人の侍
9	1986年	スウェーデン　イギリス　フランス	サクリファイス	*Offret*	アンドレイ・タルコフスキー	生きものの記録
10	1996年	アメリカ	ラストマン・スタンディング	*Last Man Standing*	ウォルター・ヒル	用心棒
11	1998年	アメリカ	バグズ・ライフ	*A Bug's Life*	ジョン・ラセター アンドリュー・スタントン	七人の侍
12	2016年	アメリカ　オーストラリア	マグニフィセント・セブン	*The Magnificent Seven*	アントワーン・フークア	七人の侍
13	2018年	アメリカ　イギリス　ドイツ	犬ヶ島	*Isle of Dogs*	ウェス・アンダーソン	七人の侍
14	2021年	アメリカ　イギリス	最後の決闘裁判	*The Last Duel*	リドリー・スコット	羅生門
15	2022年	イギリス	*Living*（日本未公開）		オリヴァー・ハーマナス	生きる

147

『七人の侍』アメリカ版初公開版ポスター（1956年）
American first-run poster of *Shichinin no samurai / Seven Samurai*(1956)

作品の英語題名が"*The Magnificent Seven*"となっているが、これは『七人の侍』のリメイクである『荒野の七人』（1960年、ジョン・スタージェス監督）の原題と同じで、ハリウッドは題名もそのままにリメイクしたことがわかる。米国での初公開後まもなく"*Seven Samurai*"に改題され、現在に至るまで幾度となく再公開が続けられている。

槇田寿文氏所蔵
Collection of Toshifumi Makita

図版一覧

凡例

掲載品の図版には、展示品番号、展示品名、刊行・執筆・映画公開年、所蔵・協力先の順に和文と英文で記載した。表記のないものは不明のものである。
掲載品、展示品番号および掲載順は、展覧会会場と必ずしも一致しない。
本書に未収録の展示品については、★ を付して明示した。

Illustrations of recorded items are listed in Japanese and English in the following order: exhibit number, exhibit name, publication or screenwriting or release year, collection or cooperated partner. Those without a notation are unknown.
The recorded items, exhibit numbers and order of publication do not always match the exhibition venue. Exhibits not included in this book are clearly indicated by adding ★ to the list of exhibits.

1 『どん底』(1957年)ポスター
Poster of *Donzoko / The Lower Depth* (1957)
谷田部信和氏所蔵
Collection of Nobukazu Yatabe

2 『蜘蛛巣城』(1957年)ポスター
Poster of *Kumonosu jo / Throne of Blood* (1957)
谷田部信和氏所蔵
Collection of Nobukazu Yatabe

3 「幡随院長兵衛」(1940年) 完成台本
Final script of *Banzui'in chobei* (1940)
映画演劇文化協会所蔵
Collection of Cinema & Stage Culture Association

4 「虎造の荒神山」完成台本(1940年)
Final script of *Torazo no kojin'yama* (1940)
映画演劇文化協会所蔵
Collection of Cinema & Stage Culture Association

5 ラジオドラマ「陽気な工場」決定稿(1942年)
Radio play by *Kurosawa: Yoki na kojo*, Final draft (1942)
早稲田大学坪内博士記念演劇博物館所蔵
Collection of The Tsubouchi Memorial Theatre Museum, Waseda Univ.

6 「映画評論」1941年12月号
脚本「達磨寺のドイツ人」(1941年)
Screenplay by Kurosawa: "Darumaji no doitsu jin," *Eiga hyoron*, December, 1941
国立映画アーカイブ所蔵
Collection of NFAJ

7 「日本映画」1942年2月号
脚本「静かなり」(1941年)
Screenplay by Kurosawa: "Shizuka nari," *Nihon eiga*, February, 1942
国立映画アーカイブ所蔵
Collection of NFAJ

8 「美しき設計」準備稿[複写](1941年)
Draft of *Utsukushiki sekkei* [copy] (1941)
国立映画アーカイブ所蔵(草薙匠コレクション)
Sho Kusanagi Collection of NFAJ

9 「翼の凱歌」決定稿[複写](1942年)
Final draft of *Tsubasa no gaika* [copy] (1942)
国立映画アーカイブ所蔵(草薙匠コレクション)
Sho Kusanagi Collection of NFAJ

10 「森の千一夜」決定稿[複写](1942年)
Final draft of *Mori no sen'ichiya* [copy] (1942)
国立映画アーカイブ所蔵(草薙匠コレクション)
Sho Kusanagi Collection of NFAJ

11 「姿三四郎」決定稿(1943年)
Final draft of *Sugata Sanshiro* (1943)
国立映画アーカイブ所蔵
Collection of NFAJ

12 『青春の気流』プログラム(1942年、伏水修監督)
Program of *Seishun no kiryu* (dir. Shu Fushimizu, 1942)
槙田寿文氏所蔵
Collection of Toshifumi Makita

13 『翼の凱歌』プレス資料(1942年、山本薩夫監督)
Press material of *Tsubasa no gaika* (dir. Satsuo Yamamoto, 1942)
槙田寿文氏所蔵
Collection of Toshifumi Makita

14 『虎造の荒神山』(1940年、青柳信雄監督)再公開版上映ポスター(1952年)
Poster of *Torazo no kojin'yama* (dir. Nobuo Aoyagi, 1940) at its rerelease screening (1952)
東映太秦映画村・映画図書室所蔵
Collection of Toei Kyoto Studio Park Library

15 『虎造の荒神山』チラシ(1940年)
Flyer of *Torazo no kojin'yama* (1940)
槙田寿文氏所蔵
Collection of Toshifumi Makita

16 「平凡」1946年新年号
演劇脚本「喋る」(1945年)
Play by Kurosawa: "Shaberu," *Heibon*, new year issue, 1946 (written in 1945)
槙田寿文氏所蔵
Collection of Toshifumi Makita

17 「愛の世界」決定稿(1942年)
Final draft of *Ai no sekai* (1942)
槙田寿文氏所蔵
Collection of Toshifumi Makita

18 『愛の世界 山猫とみの話』広告(1943年)
Advertisement of *Ai no sekai: yamaneko tomi no hanashi* (1943)
槙田寿文氏所蔵
Collection of Toshifumi Makita

19 『愛の世界 山猫とみの話』プログラム(1943年)
Program of *Ai no sekai: yamaneko tomi no hanashi* (1943)
槙田寿文氏所蔵
Collection of Toshifumi Makita

20 「赤髭」(1963年)
Script of *Akahige / Red Beard* (1963)
槙田寿文氏所蔵
Collection of Toshifumi Makita

21 『赤ひげ』スピード版ポスター(1965年)
Poster of *Akahige / Red Beard* (1965)
槙田寿文氏所蔵
Collection of Toshifumi Makita

22 バルザック原作映画企画書(1947年頃)
Proposal of a movie adaptation from the works of Balzac (ca. 1947)
国立映画アーカイブ所蔵(本木荘二郎コレクション)
Sojiro Motoki Collection of NFAJ

23 「藝苑」1946年7・8月号
黒澤明のエッセイ「わが愛読書」(1946年)
Essay by Kurosawa: "Waga Aidoku Sho," *Geien*, July and August, 1946
槙田寿文氏所蔵
Collection of Toshifumi Makita

24 「白痴」生原稿(1951年)
Manuscript of *Hakuchi / The Idiot* (1951)
国立映画アーカイブ所蔵(本木荘二郎コレクション)
Sojiro Motoki Collection of NFAJ

25 『白痴』初版ポスター・Aタイプ(1951年)
Poster of *Hakuchi / The Idiot*, first printing, type A (1951)
谷田部信和氏所蔵
Collection of Nobukazu Yatabe

26 『白痴』初版ポスター・Bタイプ(1951年)
Poster of *Hakuchi / The Idiot*, first printing, type B (1951)
谷田部信和氏所蔵
Collection of Nobukazu Yatabe

27 『白痴』プレスシート(1951年)
Press material of *Hakuchi / The Idiot* (1951)
槙田寿文氏所蔵
Collection of Toshifumi Makita

28 『白痴』東京劇場での初公開時のプログラム(1951年)
Program of *Hakuchi / The Idiot* (1951)
槙田寿文氏所蔵
Collection of Toshifumi Makita

29 「映画ファン」1953年5月号
「特別よみもの『七人の侍』(1953年)
"Special Reading: Shichinin No Samurai," *Eiga Fan*, May, 1953
槙田寿文氏所蔵
Collection of Toshifumi Makita

30 ファジェーエフ『壊滅』(1929年、南宋書院)
Alexandr Fadeyev, *Razgrom* (1929)
槙田寿文氏所蔵
Collection of Toshifumi Makita

31 「七人の侍」撮影台本(1953年)
Script of *Shichinin No Samurai / Seven Samurai* (1953)
国立映画アーカイブ所蔵(志村喬コレクション)
Takashi Shimura Collection of NFAJ

32 「七人の侍」海外版完成台本(1954年)
Final script for the international version of *Shichinin no samurai / Seven Samurai* (1954)
槙田寿文氏所蔵
Collection of Toshifumi Makita

33 『七人の侍』初版ポスター（1954年）
Poster of *Shichinin no samurai / Seven Samurai*, first printing (1954)
槙田寿文氏所蔵
Collection of Toshifumi Makita

34 『七人の侍』先行版ポスター（1954年）
Teaser poster of *Shichinin no samurai / Seven Samurai* (1954)
槙田寿文氏所蔵
Collection of Toshifumi Makita

35 『七人の侍』凱旋版ポスター（1954年）
Celebratory poster of *Shichinin no samurai / Seven Samurai* (1954)
槙田寿文氏所蔵
Collection of Toshifumi Makita

36 『七人の侍』プレスシート（1954年）
Press material of *Shichinin no samurai / Seven Samurai* (1954)
槙田寿文氏所蔵
Collection of Toshifumi Makita

37 『七人の侍』初公開時の宣伝用幟（1954年）★
Flag for the first-run of *Shichinin no samurai / Seven Samurai* (1954)
槙田寿文氏所蔵
Collection of Toshifumi Makita

38 「隠し砦の三悪人」草稿（1958年）
Manuscript of *Kakushi toride no san akunin / The Hidden Fortress* (1958)
国立映画アーカイブ所蔵
Collection of NFAJ

39 「隠し砦の三悪人」撮影台本（1958年）
Final script of *Kakushi toride no san akunin / The Hidden Fortress* (1958)
吉原純氏所蔵
Owned by Jun Yoshihara

40 『隠し砦の三悪人』ポスター（1958年）
Poster for *Kakushi toride no san akunin / The Hidden Fortress* (1958)
槙田寿文氏所蔵
Collection of Toshifumi Makita

41 『隠し砦の三悪人』初版ポスター（1958年）
Poster for *Kakushi toride no san akunin / The Hidden Fortress*, first printing (1958)
槙田寿文氏所蔵
Collection of Toshifumi Makita

42 『隠し砦の三悪人』プログラム（1958年）
Program of *Kakushi toride no san akunin / The Hidden Fortress* (1958)
槙田寿文氏所蔵
Collection of Toshifumi Makita

43 『隠し砦の三悪人』
真壁六郎太ブロンズ像（1958年）
Bronze statue of Makabe Rokurota (1958)
槙田寿文氏所蔵
Collection of Toshifumi Makita

44 『隠し砦の三悪人』ワイド版スチル（1958年）★
Large stills from *Kakushi toride no san akunin / The Hidden Fortress* (1958)
槙田寿文氏所蔵
Collection of Toshifumi Makita

45 『隠し砦の三悪人』
雪姫スタジオスナップ集（1958年）
Studio snapshots of Yuki Hime (1958)
吉原純氏所蔵
Owned by Jun Yoshihara

46 「東宝グラフ」1958年12月号（1958年）
Toho Graph, December, 1958
槙田寿文氏所蔵
Collection of Toshifumi Makita

47 「酔いどれ天使」初稿（1948年）
First draft of *Yoidore tenshi / Drunken Angel* (1948)
槙田寿文氏所蔵
Collection of Toshifumi Makita

48 「酔いどれ天使」改訂稿（1948年）
Revised draft of *Yoidore tenshi / Drunken Angel* (1948)
槙田寿文氏所蔵
Collection of Toshifumi Makita

49 「酔いどれ天使」舞台版脚本（1948年）
Script of the staged version of *Yoidore tenshi / Drunken Angel* (1948)
国立映画アーカイブ所蔵（志村喬コレクション）
Takashi Shimura Collection of NFAJ

50 「酔いどれ天使」プレスシート（1948年）
Press material of *Yoidore tenshi / Drunken Angel* (1948)
槙田寿文氏所蔵
Collection of Toshifumi Makita

51 『酔いどれ天使』プログラム（1948年）
Program of *Yoidore tenshi / Drunken Angel* (1948)
槙田寿文氏所蔵
Collection of Toshifumi Makita

52 『酔いどれ天使』舞台版プログラム（1948年）
Program of staged version *Yoidore tenshi / Drunken Angel* (1948)
槙田寿文氏所蔵
Collection of Toshifumi Makita

53 「近代映画」1948年3月号
「『酔いどれ天使』人物クロッキイ」（1948年）
"*Yoidore tenshi* Jinbutsu Croquis," *Kindai Eiga*, March, 1948
国立映画アーカイブ所蔵
Collection of NFAJ

54 「罪なき罰」（1948年）
Script of *Tsumi naki batsu* (1948)
国立映画アーカイブ所蔵
Collection of NFAJ

55 「泥だらけの星座」（1950年）
Script of *Dorodarake no seiza* (1950)
国立映画アーカイブ所蔵
Collection of NFAJ

56 「生きる」準備稿（1952年）
Draft of *Ikiru* (1952)
槙田寿文氏所蔵
Collection of Toshifumi Makita

57 「生きる」決定稿（1952年）
Final draft of *Ikiru* (1952)
槙田寿文氏所蔵
Collection of Toshifumi Makita

58 「生きものの記録」生原稿（1955年）
Manuscript of *Ikimono no kiroku / I Live in Fear* (1955)
国立映画アーカイブ所蔵（本木荘二郎コレクション）
Sojiro Motoki Collection of NFAJ

59 「どんづまり」（1956年）
Script of *Donzumari* (1956)
国立映画アーカイブ所蔵
Collection of NFAJ

60 「悪い奴ほどよく眠る」検討稿（1960年）
Draft of *Warui yatsu hodo yoku nemuru / The Bad Sleep Well* (1960)
早稲田大学坪内博士記念演劇博物館所蔵
Collection of The Tsubouchi Memorial Theatre Museum, Waseda Univ.

61 「悪い奴ほどよく眠る」決定稿（1960年）
Final draft of *Warui yatsu hodo yoku nemuru / The Bad Sleep Well* (1960)
槙田寿文氏所蔵
Collection of Toshifumi Makita

62 『悪い奴ほどよく眠る』便箋（1960年）
Letter pad of *Warui yatsu hodo yoku nemuru / The Bad Sleep Well* (1960)
国立映画アーカイブ所蔵
Collection of NFAJ

63 「天国と地獄」準備稿（1962年）
Draft of *Tengoku to jigoku / High and Low* (1962)
槙田寿文氏所蔵
Collection of Toshifumi Makita

64 「天国と地獄」差し込み台本（1962年）
Insert script of *Tengoku to jigoku / High and Low* (1962)
槙田寿文氏所蔵
Collection of Toshifumi Makita

65 「天国と地獄」決定稿（1962年）
Final draft of *Tengoku to jigoku / High and Low* (1962)
槙田寿文氏所蔵
Collection of Toshifumi Makita

66 『酔いどれ天使』ポスター（1948年）
Poster of *Yoidore tenshi / Drunken Angel* (1948)
槙田寿文氏所蔵
Collection of Toshifumi Makita

67 『醜聞 スキャンダル』ポスター（1950年）
Poster of *Scandal* (1950)
谷田部信和氏所蔵
Collection of Nobukazu Yatabe

68 『生きる』ポスター（1952年）
Poster of *Ikiru* (1952)
槙田寿文氏所蔵
Collection of Toshifumi Makita

69 『生きる』初版地方版ポスター（1952年）
Poster of *Ikiru*, First Printing, Local version (1952)
谷田部信和氏所蔵
Collection of Nobukazu Yatabe

70 『天国と地獄』スピード版ポスター（1963年）
Poster of *Tengoku to jigoku / High and Low* (1963)
槙田寿文氏所蔵
Collection of Toshifumi Makita

71 『悪い奴ほどよく眠る』ポスター（1960年）
Poster of *Warui yatsu hodo yoku nemuru / The Bad Sleep Well* (1960)
槙田寿文氏所蔵
Collection of Toshifumi Makita

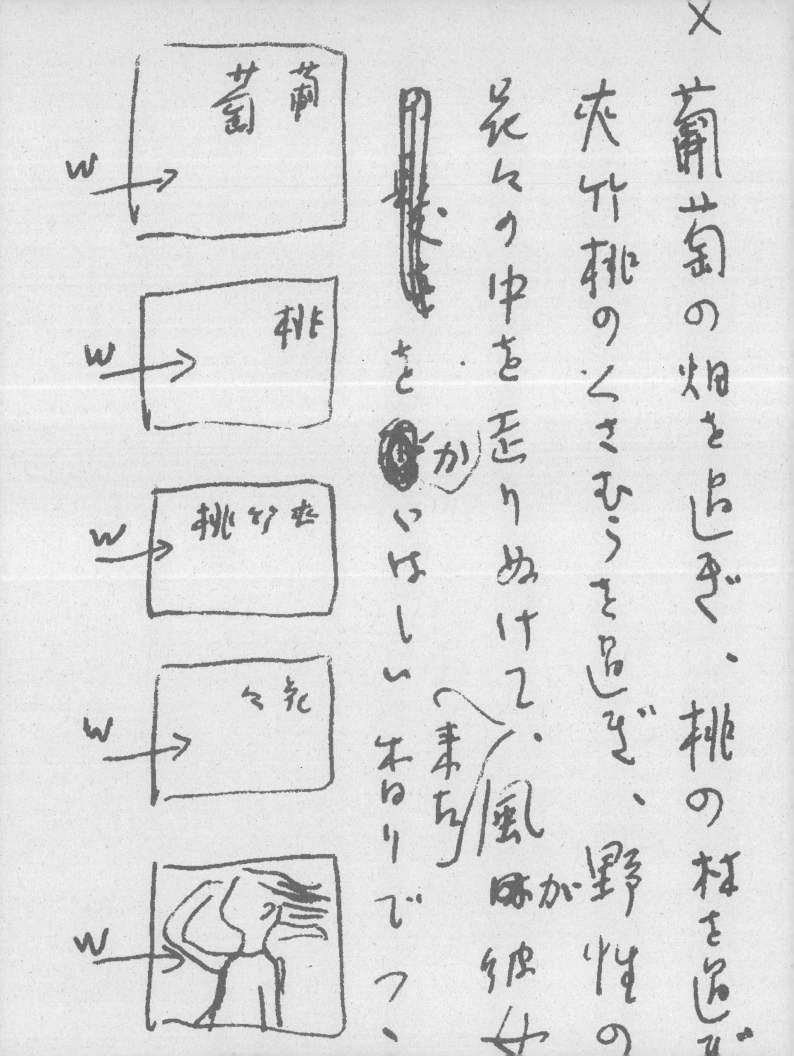

×葡萄の畑を過ぎ、桃の林を過ぎ、
大竹桃のくさむらを過ぎ、野性の
花々の中を走りぬけて・風は彼女
をかいはしい香りで